# 행복한 열 살

## 지원이의 영어 동화

삶이란 진정한 자유를 찾아 떠나는 온전한 여행.
남해의봄날은 그 가슴 뛰는 여정 속에서
가장 밝게 빛나는 이야기를 함께 나누며 성장합니다.

# Rorry and Dorry

# 행복한 열 살
## 지원이의 영어 동화

배지원 · 최명진

남해의봄날 ◆

# 우리 가족 손

비행기처럼 커다란
우리 아빠 손
자처럼 날씬한
우리 아빠 손가락
거북이 등처럼 딱딱한
우리 아빠 손을 만지면
차가워 얼을 것 같다

쥐처럼 작은
우리 엄마 손
연필처럼 길고 날씬한
우리 엄마 손가락
젤리처럼 말랑말랑한
우리 엄마 손
우리 엄마 손을 만지면
불처럼 따뜻해진다

지우개처럼 작은
내 손
고기처럼 질긴
내 손가락
마시멜로처럼 물렁한
내 손
내 손을 만지면
기분이 좋아진다

땅콩처럼 작은
우리 동생 손
아기 나무처럼 짧은
우리 동생 손가락
껌처럼 물렁한
우리 동생 손
손을 만지면 지우 손이
부서질 것 같다

우리가 손을 잡으면 재미있어요
(탄다! 냉동!)

* 이 시는 영국에 사는 지원이가 4학년, 한국 나이로 열 살에 한국어로 쓴 시입니다.

# 영국의 열 살 소녀 지원이와
# 엄마가 써내려간 행복한 동화

영국에 사는 열 살의 한국 소녀가 재미있는 영어 동화를 썼다는 이야기를 들었다. 처음에는 그냥 이야기 만들기를 좋아하는 아이인가 보다 생각했다. 그런데 토끼 캐릭터와 마을을 만들고, 토끼들이 쓰는 말을 만들며 스무 편이 넘는 에피소드를 써내려갔다는 이야기를 듣자 자세를 고쳐 앉을 수밖에 없었다. 궁금했다. 어떤 이야기일까? 그리고 어떻게 그 나이에 그런 생각을 하고 그렇게 동화를 쓸 수 있었을까?

지구 반대편에 살고 있는 어린 소녀가 쓴 영어 동화를 책으로 내면 어떻겠냐는 지인의 조언을 듣고, 직접 그 아이를 만나기 위해 영국으로 날아갔다. 그리고 사흘을 지원이의 가족과 함께 보냈다. 그 짧은 시간에 무엇이 지원이에게 일 년의 시간 동안 멈추지 않고 재미난 이야기를 써내려가게 했는지 그 동력을 발견하게 된 것이 사실 이 책 기획의 출발점이었다. 지극히 평범하지만 아이의 이야기에 귀를 쫑긋 세우고 들어주는 엄마, 아빠, 그리고 선생님의 배려가 지원이를 행복한 이야기꾼으로 만들었다는 것을 발견하는 데 그리 오랜 시간은 필요하지 않았다.

사실 지원이가 쓴 이야기들은 동화 창작을 위해 시작된 것은 아니었다. 지원이네 학교에서는 3, 4학년에게 주말마다 익혀야 할 단어들을 제시해주고 그중 가장 생소한 단어 다섯 개를 골라서 문장으로 쓰는 숙제를 내주었다. 동음이의어, 과거시제, 동사의 활용, 과학과 수학에 사용되는 단어 등 매주 테마를 정해 아이들이 낯선 단어, 헷갈리는 단어들을 직접 문장에 적용해보며 의미와 사용법을 이해하고 익히게 하는 것이었다. 이처럼 단순한 단어 학습이 '단문보다는 줄거리가 있는 이야기로 쓰면 어떻겠느냐'는 담임 선생님의 제안과 함께 사랑스러운 동화로 변신하게 되었다.

일부 독자들은 '우리 아이가 더 잘 쓰겠네'라고 생각할 수도 있다. 특정 단어를 사용해야 한다는 제한, 일 년여의 긴 시간 동안 꾸준히 규칙적으로 무언가를 해야 한다는 압박이 어린 지원이에게 그리 녹록하지만은 않았다. 그래서 지원이가 쓴 동화는 어떤 측면에서 보면 허점이 많다.

이 책을 기획하고 만들며 가슴이 따뜻해졌던 것은 지원이의 동화 때문이기도 했지만 동화를 보면 머릿속에 그려지는 지원이의 학교생활과 가족의 온기 때문이기도 했다. 독자들이 봤으면 하는 이야기 역시 지원이의 동화 속 세계에 국한된 것은 아니다. 작문 숙제마다 짧지만 의미 있는 한마디를 남겨주었던 첫 번째 독자인 선생님, 아이를 있는 그대로 인정하며 스스로 해내기를 기다려주고 필요한 순간 대화로 풀어주었던 좋은 친구 같은 가족, 그리고 새로운 것 만들기를 좋아하는 지원이가 써 내려간 흥미롭고 조화로운 이야기를 눈 밝은 독자들이 읽어주었으면 한다.

이란성 쌍둥이 토끼 로리와 도리 남매가 주인공인 지원이의 동화는 지금까지 총 스물일곱 편의 에피소드가 완성되었다. 그중 열일곱 편을 골라 지원이의 그림과 함께 책에 담았다. 영국 초등학교의 철자 학습 숙제였기에 모든 동화는 영어로 되어 있었고, 한국의 독자들을 위해 지원이가 겨울방학 동안 엄마와 함께 한국어로 직접 번역

하였다. 영어로 된 원문과 번역한 국문 동화를 함께 수록해 지원이의 이야기를 더 생생하게 만날 수 있도록 편집했다. 더불어 각 에피소드에 대한 선생님의 코멘트와 지원이 엄마가 쓴 영국 생활 이야기를 함께 담아 아이의 글쓰기 여정을 엿볼 수 있게 했다.

지원이는 숙제를 창작의 과정으로 바꾼 행복한 이야기꾼이다. 그 뒤에는 평온하고 따뜻한 일상의 힘이 든든하게 자리잡고 있다. 지원이가 만든 동화 속에는 지원이를 믿어주고 격려해주는 가족과 선생님들, 그리고 친구들과의 생활이 소박하고 정겨운 모습으로 녹아있다.

모든 사람은 자신만의 이야기를 갖고 있다. 그러나 모두가 훌륭한 스토리텔러가 되는 것은 아니다. 좋은 스승, 기다릴 줄 아는 부모와 교감하며 자신의 이야기를 동화로 만들어낸 열 살 소녀 지원이의 이야기에 귀 기울여 보아야 할 이유다.

남해의봄날 편집부

# 지원이의 이야기를 읽는 것은
# 정말 즐거운 일이었습니다

Jiwon's weekly brief stories were a real pleasure to read. I actively encourag
-ed her to keep writing them, praised her for her great efforts and gave her
targets to include in the following week's story. Showing a genuine interest
in something that she so obviously enjoyed meant that she was eager to do
more and she continued to improve the quality of her writing week by week.

매주 지원이가 쓴 이야기를 읽는 것은 정말 즐거운 일이었습니다. 저는 지원이가 이
야기를 계속 이어갈 수 있도록 적극적으로 격려하고 지원이의 무수한 노력을 칭찬
해 주었습니다. 그리고 다음 주 글쓰기에 포함되었으면 하는 목표도 제시해 주었죠.
지원이가 보여준 진지한 관심을 통해서 지원이가 글쓰기를 진심으로 즐기고 있다는
것을 알게 되었습니다. 지원이에게는 글을 더 잘 쓰고자 하는 열정이 있었고, 그 열
정과 함께 작문 실력도 한 주 한 주 향상되어 갔습니다.

영국 클리브스 스쿨

지원이의 4학년 담임 선생님

사라 밀러Sarah Miller

# Contents

# Chapter 1

# 지원이의 상상 속 세계
# 베지랜드

밀러 선생님께서는 숙제로 그냥 문장보다는 이야기를 써보면 좋겠다고 하셨죠.
선생님 말씀을 듣고 상상해 봤는데, 정말 재미있을 것 같았어요. 제가 좋아하는 동물들이
주인공인 이야기를 쓰면 좋겠다고 생각했죠. 쌍둥이 토끼 로리와 도리 이야기는
그렇게 쓰게 되었어요.

# 안녕하세요, 저는 영국에 사는 배지원이에요!

안녕하세요. 저는 영국에 사는 배지원이에요.

영국에 처음 왔을 때는 맨체스터Manchester라는 곳에 살았는데 지금은 런던 옆에 있는 써리Surrey라는 동네에 살고 있어요.

저희 가족은 회사에 다니시는 아빠, 집에서 우리를 챙겨주시는 엄마, 귀여운 동생 지우, 그리고 저까지 이렇게 모두 네 명이에요. 어디를 가든지 꼭 다 함께 다니는 가족이죠. 공원에 소풍도 가고, 낚시도 하러 가고, 장 보러 갈 때도 다 같이 가요. 근데 저는 쇼핑은 좀 지루한 것 같아요. 별로 재미가 없어요. 하지만 엄마가 물건을 고르시는 동안 저는 아빠랑 근처에 있는 서점에 가서 책을 읽을 수 있어서 좋아요. 재미있는 책을 읽는 게 정말 좋거든요. 엄마, 아빠는 제가 책을 읽고 있으면 볼일을 모두 보셨어도 읽던 책을 끝까지 읽을 때까지 기다려주세요. 동네 도서관에도 자주 가는데, 한 번 가면 여덟 권의 책을 빌릴 수 있어요.

참, 저는 이제 주니어스쿨 영국의 초등학교 교육은 지역 등에 따라 조금씩 다르나 보통 7년 과정으로 이루어져 있다. 지원이는 초등 준비 단계인 리셉션Reception부터 1~2학년까지의 저학년들만 다니는 인펀트스쿨Infant School을 졸업하고 현재 고학년이 다니는 주니어스쿨Junior School에 다니고 있다. 5학년, 영국 나이로는 열 살, 한국 나이로는 열한 살이죠. 학교 친구 중에는 카메룬이랑 해리랑 제일 친해요. 둘 다 3년째 같은 반인 남자애들인데, 쉬는 시간마다 운동장에 나가서 같이 놀아요. 여자애들은 쉬는 시간에도 모여 앉아서 이야기할 때가 많은데 저는 밖에서 뛰어 노는 게 더 좋거든요. 그리고 저랑 좋아하는 책들도 비슷해서 더 재미있어요. 요즘에는 〈해리포터〉를 읽었는데 거기에 나오는 것처럼 마법 주문을 만드는 놀이를 했어요.

4학년 때에는 매주 작문 숙제가 있었는데 담임 선생님이셨던 밀러 선생님께서는 숙제로 그냥 문장보다는 이야기를 써보면 좋겠다고 하셨죠. 선생님 말씀을 듣고 상상해 봤는데, 정말 재미있을 것 같았어요. 제가 좋아하는 동물들이 주인공인 이야기를 쓰면 좋겠다고 생각했죠. 쌍둥이 토끼 로리와 도리 이야기는 그렇게 쓰게 되었어요.

처음에는 다른 아이들 여러 명도 이야기를 만들어 왔죠. 하지만 시간이 지나면서 하나 둘씩 포기해버렸어요. 솔직히 저도 나중에는 좀 힘들기도 했지만 선생님께서 제가 제출한 숙제가 무척 재미있다며 반 아이들에게 가끔 읽어주기도 하시고, 책도 만들어 보라고 하셨어요. 그렇게 이야기를 쓰다 보니 학년이 끝날 때까지 도리와 로리 이야기를 계속 만들게 되었답니다.

* 이 글은 지원이와 인터뷰한 내용을 편집부에서 정리한 글입니다.

# 베지랜드 친구들을 소개합니다

**Rorry**

로리는 장난꾸러기인데 노력에 비해
학교 성적은 잘 나오는 운 좋은
열 살 토끼 소년입니다.

**Dorry**

도리는 순종적이고 공부도 잘하는
모범생 열 살 토끼 소녀로
로리와는 쌍둥이 남매랍니다.

**Mom**

로리와 도리의 엄마는 전업주부이고
약간 엄하긴 하지만
요리도 잘하고 친절하신 분이랍니다.

**Dad**

아빠는 농담도 좋아하고
무척 재미있는 분입니다. 그리고 저희
아빠처럼 회사에 다니신답니다.

**Rabrot**
라브롯 선생님은
무척 엄하시고
무서운 분입니다.

**Harehill**
헤어힐 선생님은
참을성이 많고 아이들을
사랑하는 선생님입니다.

**Albit**
알빗은 운동을
무척 잘하고 친절한
아이지만 부끄러움을 많이
타는 성격입니다.

**Cacarrot**
카카롯은 학교에서 말썽을
일으키는 장난꾸러기도,
수업시간에 적극적인
공부벌레도 아닙니다. 그저
얌전한 보통의 아이랍니다.

**Chortle**
쇼틀은 도리와 가장 친한
친구입니다. 도리가 새 학교로
전학 온 날 운 좋게도 같이
전학 오게 되었습니다.

**Dunk-Line, Sonybit, Ranny, Cabroe, Scarrot, Dacibit**
소니빗은 야비하고 늘 자기가 대장이어야 하고 자기 맘대로만 하려는 아이고,
덩크라인, 래니, 카브로, 스카롯, 다시빗은 소니빗을 따라다니며
다른 친구들에게 장난을 치고 괴롭히는 아이들입니다.

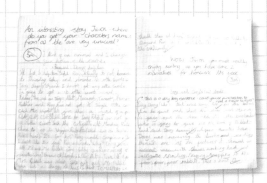

## 잠깐! 동화를 읽기 전에 알아둘 것들

★ 영국 클리브스 스쿨Cleves School에서는 어휘와 철자 학습을 위해 매주 주제에 따른 단어들을 정해주고 학생 스스로 그중 다섯 개를 선택해서 문장을 만들어 보는 작문 숙제를 내주었다. 숙제에 사용해야 하는 단어들 중 지원이가 선택하여 사용한 단어는 영어 동화에 밑줄을 그어 표시했다. 숙제용으로 주어진 전체 단어와 주제는 부록으로 책의 맨 뒤에 수록했다.

★ 이 책에 수록한 영어 동화는 작문 숙제를 담임 선생님 교정 후 지원이가 다시 한 번 수정한 원고다. 초등학생이 작문 숙제로 쓴 글이라 문법적인 오류나 매끄럽지 않은 표현 등이 있을 수 있다. 그러나 지원이가 작문 숙제를 통해 발전해 나가는 과정을 볼 수 있게 하기 위해 철자가 틀린 단어, 시제에 맞지 않는 동사 등 최소한의 부분만을 수정하고 원문을 최대한 살려 수록했다.

★ 지원이가 살고 있는 곳은 영국으로, 지원이가 동화에 사용한 단어, 표현 등이 미국식 영어와는 차이가 나는 부분이 있다.

★ 한글 동화는 지원이와 엄마가 함께 대화하며 번역해서 수록했다. 번역의 과정에서 한글로 된 동화를 매끄럽게 하기 위해 원문인 영어 동화의 내용 일부를 변경하거나 생략한 부분이 있다.

# Chapter 2

# 런던 근교 작은 마을로의 이사, 그리고 새 학교

처음 학교에 등교한 날, 영어 알파벳도 모르는 지원이를 혼자 남겨둘 생각을 하자
발걸음을 옮길 수가 없었다. '영어공부를 좀 시켰어야 했는데', '화장실은 갈 수 있을까'
머릿속이 온통 걱정으로 가득해졌다. 담임 선생님께서 나의 표정을 보고는
친절하게 제안하셨다.
"처음 며칠은 지원이와 학교에 함께 다니시면 어때요?"

# Moving House

One Sunday morning Rorry and Dorry's family was moving house. The removals van took the boxes and drove to Veggielane. Rorry was a plucky little rabbit and had a sister called Dorry. Rorry and Dorry were twins and they were both 10 years old. When they arrived at Veggielane, Dorry found out that their house name was 27 Carrotground.

Finally, they arrived at Carrotground house. Rorry found out that the house doors were quite brittle, but the house windows were quite rigid. Mr. Rabbit was very pleased.

"In we go!" said Mr. Rabbit cheerily.

"Dad, you'll have to be careful opening that brittle door!" said Rorry.

Mr. Rabbit nodded and opened the door.

"Urgh," groaned Mr. Rabbit. "Door handles are meant to be pliable but this one is stiff like a tree...."

With a final groan, Mr. Rabbit opened the door. The house was very, very clean.

"That's a surprise!" squealed Mrs. Rabbit.

"It smells very sweet," added Rorry.

# 이사하는 날

일요일 아침, 로리와 도리네 가족이 이사를 하는 날입니다. 이삿짐 트럭이 짐을 싣고 베지랜드로 향했습니다. 로리는 도리라는 쌍둥이 여동생이 있는 느긋하고 걱정 근심 없이 만사태평인 열 살 토끼 소년이랍니다. 베지랜드에 도착했을 때에야 비로소 도리는 새집 주소가 당근마당 27번지라는 것을 알았습니다.

로리는 새집의 창문들은 꽤 단단하지만 문은 잘 부서지는 재질인 것을 알아차렸습니다.

아빠가 즐겁게 "자, 들어가보자." 말씀하시자,

"아빠, 그 현관문 여실 때 조심하셔야 돼요!" 로리가 충고했습니다.

아빠는 고개를 끄덕이시면서 손잡이를 잡았습니다.

"으으, 손잡이가 너무 빽빽해서 잘 안 돌아가는구나. 어휴, 힘들어."

여러 번의 신음소리가 들린 후에 드디어 문이 열렸습니다.

반짝반짝 깨끗하게 청소된
집안을 보고 엄마가
탄성을 질렀습니다.
"어머나 세상에!"
"냄새도 무척 좋아요."
로리가 덧붙였습니다.

The family went into the kitchen.

"Wow, the kitchen is very wet," declared Dorry.

"It's very absorbent," said Rorry proudly.

Dorry stared at her brother in horror.

"You are 10 and you don't know what absorbent means?" Dorry shouted.

Rorry shivered slightly. He knew that his sister was smarter than him so he was scared to protest.

"W...What does ab...sorbent m...ean?" stammered Rorry, chilling him to the bone as he spoke.

"If I have to tell you," sighed Dorry.

She was ashamed of her brother.

"Well, absorbent means able to soak up water or liquid easily," sighed Dorry.

"Hey, wait a minute. The lights are covered with opaque material, so the lights won't really light up," realised Dorry.

"It seems like we have a lot of jobs to do," cried Rorry.

"What could be better?" said Dorry, winking.

THE END (Sweep, Sweep)

 Mrs. Miller's comment

A super imaginative story to help you learn your spellings.
Great effort Jiwon and I look forward to reading
many more of your stories.

이번에는 모두 함께 부엌으로 가보았습니다.

"이런! 부엌이 다 젖어 있어요."

도리가 소리쳤습니다.

"음, 흡수성이 매우 좋은 집이군." 로리가 자랑스럽게 거들었습니다.

"야! 너는 열 살이나 되어서 아직도 흡수성이란 단어의 뜻을 모르니?"

도리가 끔찍하다는 듯 쳐다보며 면박을 주었습니다.

로리는 자기보다 더 똑똑한 여동생에게 응수하는 것이 이번에는 쉽지 않음을

깨닫자 뼛속까지 오싹해짐을 느끼면서 더듬더듬 물었습니다.

"어…어…… 흡수성이 무슨…… 뜻인데?"

"흡수성이란 액체 같은 것을 잘 빨아들이는 성질을 말하는 거야."

오빠가 창피한 듯 거듭 한숨을 쉬며 대꾸하던 도리가 천장을 바라보며 말했습니다.

"잠깐, 그런데 이 불투명한 갓 때문에 부엌이 좀 어두운 것 같아요."

"쳇, 할 일이 엄청 많군." 로리가 투덜거렸습니다.

"그래도 우린 새집으로 이사했잖아." 도리는 기분 좋게 대꾸했습니다.

끝(쓱싹쓱싹)

 **밀러 선생님의 한마디**

철자공부에 도움이 되는 아주 상상력이 뛰어난 이야기네.

정말 노력을 많이 했구나.

지원이가 앞으로 계속해서 보여줄 이야기들이 무척 기대된단다.

# New School

Since Rorry and Dorry have moved, they have been busy looking for a new school! Rorry didn't mind moving school because he hardly had any friends plus there was a big bad bully in the old school called Senreb. Dorry's arch-enemy was Senreb too, but she had lots of friends at school, so Dorry wasn't sure if she minded or not.

"Monday," sang Rorry happily.

He skipped up and down the stairs. Dorry just ignored her brother and carried on getting dressed. Thirty minutes later, Rorry and Dorry were changed and settled in the car. A few minutes later, they arrived at school. Rorry and Dorry were in the same class. Their new teacher, Miss Harehill, called out the register, but she didn't know that she had new students.

"Dorry and Rorry Rabbit whoever you are could you stand up?" she said in her high squawky voice.

# 새로운 학교

이사한 후 가족들은 새로 전학 갈 학교를 찾느라고 바빴습니다. 사실 로리는 예전
학교에 친구도 거의 없었고 또 센렙이라는 덩치 큰 아이가 늘 괴롭혔기 때문에
학교를 옮기는 것이 내심 반가웠습니다. 물론 도리에게도 센렙이 늘 골칫거리이긴
했지만 다른 많은 친구들을 두고 전학을 간다는 것이 마음에 썩 내키는 일은
아니었습니다.

"월요일이다." 로리는 즐겁게 노래하며 아래층으로 깡충깡충 뛰어내려갔습니다.
도리는 그런 오빠를 애써 외면한 채 묵묵히 옷을 갈아 입었습니다.

30분 후, 등교할 준비를 다 마치고 차에 오르자 얼마 지나지 않아 곧 새 학교에
도착했습니다.

둘은 같은 반에 배정되었는데 담임 선생님인 헤어힐 선생님은 새로 전학 온
아이들의 얼굴을 알지 못한 채 출석을 부르기
시작하셨습니다.

"도리 래빗, 로리 래빗 어디 있지? 일어나 보세요."
헤어힐 선생님은 높은 억양과 가는 목소리의
소유자랍니다.

25

The two rabbits stood up. Rorry lifted his chin proudly and Dorry began to shiver. She didn't think that she would make any friends. But Dorry did force a smile. At break she found some stairs and  sighed.

"I wish I had Chortle next to me," Dorry thought. Chortle was Dorry's best friend.

"Boo!" booed someone and it was Chortle!

"CHORTLE!" Dorry shouted.

She thought her eyeballs would pop out! Dorry was absolutely delighted.

♣ "I'm going to look on the bright side!"

THE END (Yay!)

 Mrs. Miller's comment

Great work Jiwon - another interesting story.

could you underline the spelling words in any future stories

so I can see them clearly?

You also researched homophones.

로리는 자랑스럽게 턱을 들며 일어섰고 도리도 억지로 미소를 지어 보이긴 했지만 떨리는 마음과 오로지 '새 친구를 잘 사귈 수 있을까' 하는 걱정스런 마음으로 가득 차 있었습니다.

'제일 친한 친구 쇼틀도 이 학교로 전학 오면 얼마나 좋을까?' 생각하며 한숨을 쉬고 계단에 앉아 있는 도리에게 갑자기 누군가 장난을 쳤습니다.

"워! 깜짝 놀랐지?"

"쇼틀!!!"

도리는 정말 정말 기쁘고 놀라서 그만 눈알이 튀어나오는 줄 알았답니다.

♣ 도리의 오늘의 생각 – 난 앞으로 긍정적인 생각만 할 거야!

끝(야호!)

 **밀러 선생님의 한마디**

지원아, 아주 잘했어. 이번에도 흥미로운 이야기네.
다음 이야기부터는 학습진도에 포함되는 단어들에
선생님이 알아보기 쉽게 밑줄을 그어주겠니?
그런데 지원이는 동음이의어도 찾아봤구나!

# Tests

"Rorry, hurry up!" groaned Mrs. Rabbit.

"Yeah," said Dorry.

About 10 minutes later, Rorry finally came down.

"Now, come on Rorry. Remember we've got a test," shouted Dorry with her eyes shimmering in the sun.

At 8:15 Dorry and Rorry were in the car. On the way Dorry was humming to herself. Rorry was thinking: 'I know that Dorry is gonna beat me because she studied until 7:00 but I didn't. Argh, this is just gonna be tough.'

"Sit down everyone. I 'm going to explain the test!" shrilled Miss Harehill.

"So section one, you have to explain what the words mean. Section two, read this paragraph and write if you recommend it or not."

"Let's begin," announced Miss Harehill.

Rorry gulped and read one question. 'What does 'suddenly' mean?' Rorry wrote down: 'suddenly' means unexpectedly.

# 쪽지시험

"로리! 제발 좀 서둘러라."

10분쯤 지나자 로리가 아래층으로 느릿느릿 흐느적거리며 내려왔습니다.

"정신차려, 로리. 오늘 우리 쪽지시험 있는 날이잖아."

아침 햇살에 두 눈이 반짝반짝 빛나는 도리가 상기시켜 주었습니다.

8시 15분에 차에 오르자 도리는 콧노래를 흥얼거리기 시작했지만 로리는 생각에

깊이 잠겨 있었습니다.

'어제 도리는 7시까지 공부했으니까 시험을 잘 보겠지. 나는 별로 안 했는데. 으으,

후회된다. 어렵겠지?'


"자, 모두 준비되었죠? 오늘 시험에 대해 설명할게요. 앞장은 단어의 뜻을 설명하면

되고요, 뒷장은 보기의 글을 잘 읽고 이 글이 다른 사람에게 추천할 만한 글인지

아닌지 각자 자기 의견을 적는 거예요. 자, 그럼 시~작!"

헤어힐 선생님의 말이 떨어지자 로리는 침을 한 번 꿀꺽 삼킨 후 문제를 읽고

천천히 쓰기 시작했습니다.

1. 갑자기 - 미리 생각하지 못하다

The next question said: 'What does 'shimmer' mean?' Rorry jotted down: 'shimmer' means to shine. After the test the teacher handed out Maths sheets.

"A Maths test everyone," said Miss Harehill in her posh tone. "You may start now."

Rorry stared at his questions in horror. The first question said "Find the accurate right angle A,B or C."

Rorry scribbled down: B!

At break Rorry thought about the test.

"I don't think I can succeed," sighed Rorry.

"AIEEEE!" shrieked Dorry.

Sonybit, the bully, had pushed her. Rorry stared, shocked, as his sister fell to the ground. He felt rage boiling inside him and turned to Sonybit.

"How dare you do that to my sister," roared Rorry (even though rabbits don't really roar!).

Sonybit just ran away. Rorry turned to his sister.

"You're all right?" said Rorry.

"Oof! Just about," groaned Dorry weakly.

DING, DING, DING! rang the bell.

2. 빛나다 - 반짝반짝하다

……

첫 번째 과목이 끝나자 헤어힐 선생님께서 또 다른 시험지를 나눠주시면서 우아한
척 말씀하셨습니다.

"이번에는 수학 시험이에요. 자, 시작 하세용."

'1번은 A, B, C 세 각 중 직각을 고르시오. 정답은 B!'

로리는 떨리는 마음으로 시험지를 보며 답을 갈겨 써내려갔습니다.


'난 아무래도 재시험을 봐야 될 것 같아.'

쉬는 시간에 시험 생각을 하며 한숨을 쉬고 있는 로리의 귀에 순간 도리의 비명이
들려왔습니다. 소니빗이란 녀석이 운동장에서 도리를 밀어 넘어뜨린 것입니다.

로리는 속이 부글부글 끓어오르기 시작했습니다.

"감히 내 동생을 괴롭히다니!"

로리는 격분해서 소니빗을 향해 으르렁거렸습니다. 사실 토끼는 원래 으르렁거리는
것을 못하긴 하지만요.

소니빗은 도망쳤고 로리가 걱정스럽게 물었습니다.

"도리, 너 괜찮아?"

"그런 것 같아." 도리가 이제 안심이라는 듯 대답했습니다.

땡, 땡, 땡!

"Okay class, I'll call out the rabbits who have succeeded," declared Miss Harehill. "Dorry with the highest score, Albit, Georabet, Cacarrot, McGurrot and Rorry, all succeeded. The rest of you have failed."

♣ 'What luck!' thought Rorry.

THE END

💬 Mrs. Miller's comment

As usual a wonderful story to help to learn and understand your spellings.

"자, 여러분. 오늘 시험 통과한 사람들만 호명할게요. 도리 래빗, 가장 높은 점수를 받았어요. 알빗, 지오라벳, 카카롯, 맥카롯, 그리고 로리 래빗. 이상! 나머지는 모두 재시험 준비하세요."

♣ 로리의 오늘의 생각 – 엄청 운이 좋은걸!

끝

 밀러 선생님의 한마디

항상 그렇듯이 철자들을 배우고 익히는 데 도움이 되는 훌륭한 이야기구나.

Rorry and Dorry's classemates

Cacarrot    Albit    chortle    Bitrabos

# School-Trip

"Yay, we are going on a school trip," sang Rorry for the billionth time.

"To Veggitor Rabbit History Museum," echoed Dorry.

"Okay. Okay. Calm down you two," shouted Mr. Rabbit over the racket.

A few minutes later, Dorry and Rorry were in the car.

"Hey Rorry, you look smart with your bow-tie on," said Dorry cheerfully.

"Um, um, ah, th, thanks," stammered Rorry feeling confused.

"No need to stammer," added Dorry's father.

Rorry smiled and so did Dorry. Finally, Dorry and Rorry arrived at Veggitor

Rabbit History Museum. Rorry started bouncing up and down until....

# 현장학습 가는 날

"야호, 오늘은 현장학습 가는 날이다."

"베지터 토끼 역사박물관으로!"

로리가 노래하면 도리는 후렴처럼 이어 부르며 둘은 끊임없이 합창을 합니다.

"알았어. 알았으니까 얘들아, 이제 그만 좀 해라. 시끄러워서 못살겠다." 아빠께서

한마디 하셨습니다.

"로리, 너 오늘 나비넥타이 멋있는데!" 차에 오르자 도리가 칭찬을 해주었습니다.

로리는 겸연쩍은 듯 어색하게 대답했습니다.

"어어, 그래 고…고마워."

"칭찬인데 왜 부끄러워하니?" 아빠의 말씀에 로리는 싱글벙글했죠.

박물관에 도착한 로리는 신나서 깡충깡충 뛰다가 그만 소니빗과 그 패거리들에게

부딪혔습니다.

"Hey, watch it kid!" snarled Sonybit and his nasty team crossly.

"Sorry," whimpered Rorry. Sonybit and his nasty gang cackled like mad. Rorry's ears drooped like melting candles.

"How dare you make fun of my brother!" protested Dorry.

"Bwwaahaha," shrieked Sonybit.

"You think that will stop us!" giggled Cabroe and Dunk-line.

Dorry did not think about what would happen. She just immediately flopped down her ears. (Because if a rabbit's ears are flopped down it means surrender.)

"Mwaaaaha ha ha," laughed Ranny and Dacibit.

"Stop laughing bunnies!" squawked Miss Harehill. "Oh, now we'll go in."

At 12:00 Dorry and Rorry had their lunch while a Museum assistant described the Veggitor Rabbit History Museum.

"Now, hello everyone. Welcome to the fab Museum about the Rabbit reign," said the assistant , Leon Narrot .

"Now I shall explain when the Auabit War I was happening. First Rabbitland (our country) was deceived by Allininya, the alligator world, and then the war went on... blah blah blah blah," Leon droned on and... on... and on... and on."

"Captain Crappit... dead... 10,000 blah, blah." At last Leon finished.

"Ok kids, lookin' half asleep, are you?" chuckled Leon.

"Ar, Excuse me, Leon. The kids have only 30 minutes to look around," announced Miss Harehill.

"야! 뭐야, 이 꼬마야."

"미…미…안."

두 귀를 축 늘어뜨린 로리가 잔뜩 겁을 먹고 사과를 했고, 그 모습에 일당들이 미친 듯이 웃어댔습니다.

"왜 우리 오빠를 놀리는 거야?" 도리가 맞섰지만,

"푸하하, 그럼 우리가 무서워할 줄 알았냐?" 소니빗은 더 크게 웃어댔고 카브로와 덩크라인은 킥킥거렸습니다.

도리는 앞으로 어떤 상황이 벌어질지 예측할 수 없어 단지 귀를 떨어뜨릴 수밖에 없었습니다.

(토끼가 귀를 떨어뜨린다는 것은 '항복'을 의미합니다.)

"하! 하! 하!" 래니와 다시빗도 막 웃어댔습니다.

"너희들은 뭐가 그렇게 재미있니? 이제 그만! 우리 반이 들어갈 차례야. 가자."

헤어힐 선생님께서 앞장서셨죠. 로리와 도리는 점심을 먹으면서 박물관 안내원인 리온 나룻 선생님에게 베지터 토끼 역사박물관에 대한 설명을 들었습니다.

"어린이 친구들, 안녕하세요. 토끼 역사를 잘 알 수 있는 멋진 박물관에 오신 것을 환영합니다. 먼저 1차 오빗전쟁 이야기부터 시작할게요. 토끼나라, 즉 우리나라에 처음으로 쳐들어온 나라는 악어나라인 알리니야입니다. 그 전쟁은…… 어쩌구 저쩌구 어쩌구 저쩌구……." 리온 선생님의 지루한 이야기는 계속되었습니다.

"크라핏 장군은…… 어쩌구 전사했고, 저쩌구 만 명이 어쩌구 저쩌구……."

드디어 끝이 나자 리온 선생님은 장난스럽게 "아니 너희들 다 졸고 있었구나." 하며 웃으셨습니다.

"저기요, 리온 선생님. 이제 아이들이 박물관을 돌아볼 시간이 30분밖에 남지 않았어요."

Leon stared at his watch.

"And I guess you're right, Miss Harehill," said Leon.

Suddenly Rorry shot his hand up.

"Ok Rorry, what's the matter?" asked Miss Harehill poshly.

"Can I go to the toilet?" asked Rorry quickly.

"Sure," said Miss Harehill.

Rorry raced into the toilet and back.

"Now you're here, we can get started. Off you go," said Leon.

Rorry and Dorry were partners. The first question said: 'Achieving the Medal of Honour – How do you achieve the Medal of Honour in battles?'

Rorry quickly wrote down "By being kind and respectiwe oder 로리가 respective other을 respectiwe oder로 잘못 썼다. rabbit soldiers." (Rorry spelt this incorrectly).

Dorry wrote down "By helping other rabbits to write correctly and fight gallantly."

Thirty minutes later Rabbit Class, 5HH said 'Bye!' to Leon and went on the coach while Sonybit, Cabroe, Dunk-line, Ranny and Scarrot were complaining to the teacher about the trip.

THE END

 Mrs. Miller's comment

A wonderful narrative as usual.

"어, 그러네요."

헤어힐 선생님의 말씀에 시계를 보시며 리온 선생님께서 대답하셨습니다. 그때
갑자기 로리가 손을 번쩍 들었습니다.

"무슨 일이지 로리?" 헤어힐 선생님께서 부드럽게 물어보셨습니다.

"저 화장실 갔다 와도 돼요?"

"물론이지."

로리가 잽싸게 다녀오자 리온 선생님과 함께 모두 관람을 시작하였습니다. 로리와
도리는 짝이 되어 다니면서 주어진 과제를 풀어야 했는데 첫 번째 질문은 '어떤
사람이 전쟁에서 훈장을 받을 수 있습니까?'였습니다. 로리는 '친절하고 타른
병사들을 종중해야'라고 썼고 - 로리가 철자를 틀렸습니다 - 도리는 '다른
토끼가 맞춤법에 맞게 잘 쓰도록 도와주고 전쟁에서 용감히 싸워야 한다'라고
썼답니다.

삼십 분쯤 지나서 5학년 HH반 아이들은 리온 선생님과 작별하고 버스에
올랐습니다. 소니빗, 카브로, 덩크라인, 래니, 스카롯 일당들은 돌아오는 길 내내
오늘 견학이 너무 재미없었다며 선생님께 불평했답니다.

끝

 **밀러 선생님의 한마디**

늘 그렇듯이 멋진 이야기구나.

# A New Enemy

"Ok, class we've got a new pupil called Woxie and he is a f...fo...ox," said Miss Harehill worriedly. Class 5HH gasped in horror except Sonybit and his friends.

"Go and sit next to Rorry and Dorry over there," pointed Miss Harehill.

Woxie snapped fiercely, chilling class 5HH to their bones.

Ding Ding.

It was break and Dorry and Rorry had to show Woxie around the school, but Dorry and Rorry crept away.

"Phew, we survived...." sighed Rorry.

"Run!" screamed the school.

# 새로운 적의 출현

"우리 반에 새로운 여…어…우 친구가 전학을 왔어요. 이름은 욱시라고 해요."

헤어힐 선생님께서 걱정스러운 목소리로 소개해주셨습니다.

소니빗과 그 일당들을 제외하고 5학년 HH반 아이들은 모두 두려움에

휩싸였습니다.

"저기에 있는 쌍둥이들 보이죠. 그 옆 빈자리에 앉으세요."

욱시가 사납게 이빨을 드러낸 것을 본 5학년 HH반 아이들이 잔뜩 겁에

질려버렸습니다.

땡, 땡, 땡!

쉬는 시간에 도리와 로리는 욱시에게 학교 구석구석을 안내해 주고는 슬금슬금

도망쳤습니다.

"휴, 살았다."

로리가 안도의 한숨을 내쉬었습니다.

그때 "도망쳐!" 하는 비명소리가 학교 전체에 가득 울려 퍼졌습니다.

Woxie was chasing the whole of Bunny Days school. The head came and brought Woxie's mum! His mother had caught Woxie and they went home.

"Phew," sighed Dorry.

At lunch Dorry was at a club and so was Rorry. He needed to go to the bathroom, but on the way he heard something that scared him.

Rorry heard this : "Woxie is gonna come back at lunch and is gonna be a Bunny Days member."

"Oh and is he in 5HH?" Miss Canbiter asked.

Mrs. Napobit nodded her head. Then suddenly Dorry came in.

"Come here quickly," whispered Rorry.

Dorry crept in, but then she stopped and blinked, blinked and blinked. She thought something that Rorry was thinking. Dorry had this thought:

"Isn't Woxie, Foxie's brother?" (Foxie was a kind fox that was friends with Dorry and Rorry) and Rorry was thinking the same thing.

"Rorry, maybe Woxie is Foxie's brother?" whispered Dorry. "Do you know what that means?"

Rorry nodded his head.

THE END (What luck!)

 Mrs. Miller's comment

An interesting story Jiwon - where do you get your characters' names from as they are very unusual?

욱시가 버니 초등학교의 모든 토끼들을 잡으려고 쫓아다녔고, 결국은 교장 선생님께서 욱시 부모님을 부르셔서 일단 집으로 데려가도록 한 후에야 사태가 진정되었습니다.

"정말 다행이다."

도리는 안심하고 로리와 함께 점심시간에 있는 클럽활동에 참여했습니다. 그런데 로리가 화장실에 다녀오는 길에 나포빗 교장 선생님과 칸비터 선생님의 끔찍한 대화를 엿듣게 되었습니다.

"새로 온 욱시라는 아이가 점심시간 이후에 다시 학교에 돌아올 것입니다."

"그래요? 근데 그 아이가 5학년 HH반이 맞나요?"

그때 갑자기 도리가 다가왔습니다.

"쉿, 도리, 이리 와봐. 빨리!"

로리가 속삭였습니다. 도리는 살금살금 다가오다가 갑자기 멈추고는 눈을 깜빡깜빡하며 무언가를 골똘히 생각하는 듯했습니다.

"로리, 혹시 욱시가 폭시랑 형제가 아닐까?"

친절한 여우 폭시는 도리와 로리의 친구랍니다. 사실 로리도 도리와 똑같은 생각을 잠깐 했었습니다.

"만약 욱시가 폭시랑 형제 사이라면? …… 내 생각 알지?"

도리가 속삭이자 로리는 알았다는 듯 고개를 끄덕거렸습니다.

끝(이런 행운이!)

 밀러 선생님의 한마디

지원이가 참 흥미로운 이야기를 만들었구나.
등장 인물들의 이름이 무척 특이한데 이런 이름들은 어떻게 만들어번 거니?

# 영국에서 시작된 지원이의 첫 학교생활

## 지원이의 첫 학교를 찾아서

정확히 지원이가 세 살 반이 되었던 2005년 9월 초, 우리 모녀는 공부를 위해 두 달 전에 영국으로 먼저 떠났던 남편을 맨체스터 공항에서 다시 만났다. 유학이라면 미국만을 생각했던 내게 영국은 참 뜬금없는 나라였다. 당연히 영국의 교육제도나 사회제도에 대해서는 아는 바도 전혀 없었고 들어본 적도 없었다.

우리가 살게 된 맨체스터에서는 ― 물론 지방자치구역마다 조금씩 차이가 있다 ― 만 세 살이 지나면 초등학교 부속 유치원Nursery에 갈 수 있다는 것을 도착한 후에야 알았다. 부랴부랴 집 근처 학교들을 찾아다니기 시작했지만 새 학기가 시작한 지 얼마 되지 않아서 당장은 자리가 없다고 했다. 할 수 없이 걸어서 갈 수 있는 세 군데 학교를 정해서 대기자 명단에 올려놓고 연락을 기다렸다. 다행히 우리가 살게 된 가족 기숙사에는 한국인 가정이 네 집이나 더 있었다. 지원이는 한국 아이들의 대장 노릇을 톡톡히 하며 하루 종일 신나게 놀았다.

자기 또래 아이들은 모두 학교에 가서 없고 늘 어린 동생들과 놀아야 했던 지원이.

"엄마, 나는 언제 학교 갈 수 있어?"

"엄마, 영국에 살려면 나도 영어 배워야 되는 거 아니야?"

그렇지 않아도 초조하고 답답했던 내 마음이 더 흔들렸다. 11월이 되어서야 세 학교

중 가장 먼 학교에서 연락이 왔다. 영국에서 좋은 학교로 평가되는 공립초등학교는 대부분 그 지역의 성당이나 교회의 지원을 받는 학교들이다. 우리 부부는 무엇보다도 기독교 가치관을 배울 수 있는 그런 학교에 갈 수 있기를 원했지만 우리 뜻대로 되지는 않았다.

소말리아 난민들이 정착해서 살고 있는 동네에 위치했던 학교, 전교생의 90퍼센트가 소말리아 출신 아이들이었고 대부분은 무슬림이었다. 지원이가 학교에 다니기 시작하고 며칠 후 등굣길에 교실로 들어가 보니 선생님과 백인 여자아이 한 명을 제외하고는 아무도 없었다. 순간 내가 뭘 잘못 알고 있었나 하는 생각에 당황스러웠다.

"오늘은 라마단 금식이 끝나는 이슬람 축제일이에요. 이날은 아이들이 거의 학교에 오지 않아요."

선생님께서 아무렇지도 않다는 듯 설명해 주셨다.

'덕분에 선생님과 일대일로 많은 시간을 보내면서 드디어 영어를 좀 배우겠구나' 위로하며 돌아왔던 기억이 난다.


## 실컷 놀 수 있는 충분한 시간
....................................

처음 학교에 등교한 날, 영어 알파벳도 모르는 지원이를 혼자 남겨둘 생각을 하자 발걸음을 옮길 수가 없었다. '영어공부를 좀 시켰어야 했는데', '화장실은 갈 수 있을까' 머릿속이 온통 걱정으로 가득해졌다. 담임 선생님께서 나의 표정을 보고는 친절하게 제안하셨다.

"처음 며칠은 지원이와 학교에 함께 다니시면 어때요?"

예상치 못했던 제안에 그저 감사할 따름이었다.

그래서 보게 된 영국 교실의 풍경이란! 내 기억 속의 교실과는 너무나도 다른 모습이었다. 칠판도, 칠판을 향해 가지런히 배열된 책상과 의자도 없었다! 네다섯 개의 동그란 책상에 각기 다른 종류의 장난감들이 올려져 있었고 한쪽 구석에는 작은 책장과 소파가, 그 옆에는 카펫이 깔린 조금 넓은 공간, 또 한쪽에는 작은 집이 있었다. 그리고 그 안에는 공주 드레스는 물론이고 의사나 간호사 복장, 경찰 제복, 해적 옷 등등 다양한 인물로 변신할 수 있는 의상들이 담겨있는 분장 상자Dress-up Box가 놓여져 있었다.

한국에서 가져온 놀잇감이 별로 없었던 지원이의 입가에는 미소가, 두 눈은 반짝반짝 빛이 났다. 친구를 사귄다든지 영어를 배우는 것 따위는 이미 관심이 없어졌을 것이다. 두 분의 담임 선생님들은 그저 아이들이 싸우면 중재하는 역할을 하시거나 선생님을 찾는 아이, 홀로 있는 아이에게만 반응을 보이셨다. 반 전체 아이들이 유일하게 모여 앉아 있을 때라고는 카펫타임Carpet Time 혹은 스토리타임Story Time이라 불리는 시간으로 선생님께서 책 한 권을 읽어주시는 오전에 한 번, 그리고 홈타임Home Time이라 불리는 집에 가기 직전에 한 번, 딱 두 번뿐이었다. 오전 카펫타임이 끝나면 아이들은 모두 교실 밖에 있는 작은 놀이터에서 놀았다. 선생님께서 작은 창고를 향해 걸어가시자 아이들이 그 앞으로 쏜살같이 모여들어 줄을 섰다. 문을 열자 그곳에는 세발자전거부터 시작해서 각종 공이며 스쿠터, 아기 인형을 태우고 끌수 있는 유모차 등 야외에서 놀 수 있는 장난감들이 가득했다. 아이들에게는 정말 실컷 놀 수 있는 충분한 시간이 주어졌다. 비가 자주 오는 영국의 궂은 날씨와는 상관없이 야외에서 뛰어 노는 아이들을 보면서 마음이 놓였다.

영국에 건너가기 직전까지 일을 계속해야 했던 우리 부부. 생활을 위한 세세한 부분까지 미처 준비할 틈이 없었다. 영국 생활의 시작은 낯설고 서툰 것들 투성이였지만 매 순간 지원이와 즐거운 시간을 보내기 위해 노력했다. 잔디가 깔린 영국 초등학교의 넓은 운동장은 아이들이 뛰어 놀기에 최적의 환경이다.

## 좌충우돌 진짜 영국 생활이 시작되다

며칠 뒤 중요한 몇 가지 단어들과 - 예를 들면 toilet, water, name 등 - 무조건 뒤에 'please'만 덧붙이도록 연습시킨 다음 지원이 혼자 학교에 가게 했다. 내가 어릴때 등교하기 전에 들어왔던 말이란 '공부 열심히 해라', '선생님 말씀 잘 들어라' 였지만 나는 지원이에게 늘 "재미있게 놀다 와." 하는 말이 자연스럽게 나올 수밖에 없었다. 그리고 돌아오는 길에는 "오늘은 누구랑 놀았어?", "뭐 하고 놀았는데?"라고 묻게 된다.

"보통 여자아이들은 6개월만 지나면 영어를 잘 하니까 걱정할 필요 없어."
"지원이 한국말 잘하잖아. 영어로 말하는 것도 금방이야."
주변 한국분들에게 자주 들은 이야기다. 그러나 나는 1년이 지나도록 지원이가 영어로 말하는 것을 들어보지 못했다. 한 번은 지원이가 학교에서 선생님께서 뭘 물어보셨는데 그냥 "Yes, boy."라고 대답했다는 것이다. 질문이 무엇이었는지 지금도 알 수는 없지만 그렇게 엉뚱하게 대답한 자기 자신을 떠올리며 가끔씩 배꼽을 잡고 웃는다. 놀 때 말이 필요 없어서였는지, 아님 기질적으로 더 비슷한 성향이 많이 있어서 그랬는지 늘 'boys', 남자아이들과 어울려 놀았던 지원이를 생각하면 친구에 관한 질문이 아니었을까 추측해 본다.

남편은 1년의 석사 과정을 마치고 런던 근교에 위치한 회사에서 일할 수 있는 기회를 얻었다. 우리 모두 각자 새로운 경험을 마주하게 되었다. 남편은 새로운 직장에, 지원이는 새 학교, 게다가 유일한 동양 여자아이로서의 학교생활에 적응해야 했으며, 나는 배 속의 아이와 함께 진정한 영국 생활을 시작하게 되었다.

# Chapter 3

# 최고의 친구,
# 가족과 함께하는 행복한 오늘

"지우는?"

"아빠가 데려올 거야."

아니나 다를까 차에 타자마자 잠이 들었다는 지우, 집에 도착했을 때는 완전히
곯아떨어졌다.

"적당히 좀 놀지."

"애들이 집에 올 생각을 안 해."

"엄마, 근데 아빠가 너무 신나게 놀다가 지우 까먹었다."

지우가 방치되었음을 이르는 지원이 앞에서 "배씨들은 물 좋아하지!"라고 말하며
얼버무리는 남편.

우리 가족의 주말 풍경이다.

# Half-Term

"At last, it's half-term," sighed Rorry.

"Actually, it's not because it's Thursday today and, remember, tomorrow is 'No Rotten Carrots Award' Day," said Dorry sleepily. "Oh, and I haven't got any rotten carrots, so I'm likely to get a No Rotten Carrots Award."

On Friday,

"Yes and em Dorry, Albit, Macarrot, Cacarrot, Heinerrab, Rabhar and Rorry have not got a single rotten carrot!" cried Mrs. Napobit kindly.

"Let's give them a round of applause."

CLAP, CLAP, CLAP!!!

"Well done to Dorry Rabbit for not getting a rotten carrot," said the certificate.

On Monday, the Rabbits chose to go to Veggie-Rabnot which was the capital of Rabbit Land.

"It's so hot," Rorry would complain.

"Ewww, I don't like this food," whined Rorry.

# 방학

"드디어 방학이다."

로리가 안도의 한숨을 내쉬었습니다.

"아직은 아니지. 오늘은 목요일이고 내일이 모범상 시상식이 있는 날이거든. 난 지금까지 꾸중을 듣거나 벌을 받은 적이 한 번도 없으니까 아마 상을 받을 수 있을 거야."

도리가 잠에 취해서 대꾸했습니다.


금요일

"도리, 알빗, 맥캐롯, 카카롯, 헤인에랍, 랍하, 그리고 로리. 이번 학기 동안 잘못해서 지적받은 적이 한 번도 없었어요. 모두 크게 박수!"

나포빗 교장 선생님께서 칭찬하시며 '참 잘했어요'라고 적힌 상장도 주셨답니다.

짝, 짝, 짝!


방학이 시작된 월요일, 도리 가족은 토끼나라의 수도인 베지라놋에 가기로 결정했습니다.

"너무 더워요.", "여기 음식들은 맛이 없어요."

로리는 계속 투덜투덜거렸습니다.

"Why?" Dorry would ask Mr. and Mrs. Rabbit some silly questions every 5 minutes. "Why? Ewwww! Oh! Aragh. Why?" But... then at 9 PM Mrs. Rabbit was almost sold out and Mr. Rabbit looked like a shabby old leaf.

"I think tomorrow we should stay at home," sighed Mr. and Mrs. Rabbit.

Dorry and Rorry just smiled happily without a word.

THE END (Lovely!)

 Mrs. Miller's comment

Wow Jiwon you must really enjoy writing as you have done two narratives for homework this week.

"왜요?", "이건 왜죠?"

도리는 엄마 아빠에게 별로 궁금하지도 않은 질문들을 끊임없이 합니다.

"왜냐고? 음…… 그러니까 또 왜냐면……, 어휴!"

밤 9시쯤 되자 엄마는 완전히 녹초가 되셨고 아빠도 파김치가 되셨습니다.

"내일은 그냥 집에서 푹 쉬어야 될 것 같아요."

엄마 아빠의 이야기에 도리와 로리는 말없이 행복한 미소를 지었답니다.

끝(좋았어!)

 밀러 선생님의 한마디

우와, 이번 주 숙제로 이야기를 두 개나 쓴 걸 보니 지원이는 글쓰기가
정말 즐거운가 보구나!

# A New Book

Ding, Dong!

"Who's that?" cried Rorry,

"Rorry, for the billionth time be quiet and shut the door! Mummy is going to open the door and it's the book rabbit who is going to give us the book of Rabbit Land," said Dorry wearily.

A few minutes later, Dorry received the new books and was reading them. In one of the pictures it showed an ancient vase with slaves working hard, but alligators were snarling, sniffing and snapping at the poor, poor, poor rabbits. This was how Dorry described them: "The rabbits are very scruffy and poor. One of the slaves has an orange, ripped and messy top with black, torn trousers on."

Flip!

On the next page there were pictures of mountains and it said: "General Carbit sacrificed himself to save Rabbit Land from a war."

Flip!

# 새 책

딩동 딩동

"누구세요?" 하며 로리가 나가자,

"로리, 문 닫아. 책을 배달해 주시는 분이 오면 엄마 먼저 나가셔야 한다고 도대체 몇 번을 말해야 알겠니?" 도리가 지겹다는 듯 핀잔을 주었습니다.

몇 분 후, 도리는 새 책들을 받아서 보기 시작했습니다. 책에는 고대 도자기에 대해 설명되어 있었습니다. 노예들이 열심히 일을 하고 있고 옆에는 악어 감독관이 하얀 이빨을 드러내며 불쌍하고 불쌍한 토끼 노예들을 부리고 있는 그림이 그려져 있었습니다. 그중 한 토끼는 찢어지고 더러운 주황색 윗도리에 낡은 검정색 바지를 입고 있었습니다. 도리의 표현에 의하면 토끼들은 무척 남루하고 불쌍해 보인다고 합니다.

책장을 착!

뒷장에는 카르빗 장군이 전쟁에서 토끼나라를 구하기 위해 자기 자신을 희생 제물로 바쳤다는 산의 그림도 있었습니다.

책장을 착!

"This book is fun," yelled Dorry and Rorry together while coming down the stairs.

THE END (Fun!)

**Dear teacher**

Sorry If the story is too short. I did not have much time to do it this week. I had my ancient Greek's beast homework.

 Mrs. Miller's comment

Thanks for the story and your note. Be sure to think carefully about how long your sentences are and add in punctuation to make them easier to read.

도리와 로리는 "이 책 재미있다." 합창을 하며 계단을 내려왔습니다.

끝(재밌다!)

**선생님께**

이번 이야기가 좀 짧았다면 죄송해요. 이번 주에는 '고대 그리스의 동물들' 숙제를 하느라 시간을 많이 못 냈어요.

 밀러 선생님의 한마디

이야기와 메모, 고맙다.
문장이 얼마나 길어질지 곰곰이 잘 생각해보고 읽기 쉽게 적절히 구두점을 넣는 것을 꼭 기억하렴.

# Going to the Theatre

"Yes, Rorry we are going to the theatre!" shouted Mr. Rabbit for the 100th time.

"But I don't want go," groaned Rorry.

"Rorry, just put your coat on because we are going," yelled Dorry.

The Rabbits weren't in a good mood especially Rorry; he was tired of being shouted at. Finally, Rorry flung his coat on and stomped down the stairs.

"Rorry, you've just got your coat on!" barked Mrs. Rabbit.

She rushed up the stairs, got Rorry's jeans and his T-shirts and rushed back down the stairs. Rorry put them on. Dorry giggled. Rorry stared at her. Dorry called him moany and that really put Rorry off.

He walked slowly towards Dorry.

"You called me moany. Well, not for long," shouted Rorry and suddenly grabbed Dorry by the collar. Rorry remembered this: A few years back, Rorry had called Dorry a cowardly custard because she didn't want to go on a swing. So, when he was on the swing Dorry had pushed him. Rorry was sent flying.

# 공연 보러 간 날

"로리야! 오늘 공연 보러 간다고 말했잖니."

아빠가 백 번도 넘게 소리치셨습니다.

로리가 징징거리며, "난 가기 싫다고요."

도리도 재촉하며, "로리, 그냥 코트만 입고 내려오면 되잖아."

가족들은 모두 기분이 엉망이었습니다. 버티다 버티다가 지쳐버린 로리는 코트만

걸치고 쿵쾅거리며 내려왔습니다.

"너 정말 코트만 입었구나."

화가 난 엄마는 서둘러 올라가 로리의 청바지와 윗도리를 챙겨서 내려오셨습니다.

옷을 갈아입고 있는 로리 옆에서 도리는 킥킥대며 웃었습니다. 로리가 도리를

째려보자 도리는 '투덜투덜 투덜이'라고 놀렸고 그건 정말 로리를 폭발하게

만들었습니다.

로리는 도리를 향해 천천히 다가가서, "너 나를 투덜이라고 했겠다. 가만 안

두겠어!" 소리치며 도리의 멱살을 잡았습니다.

순간 몇 년 전 그네를 타던 중 도리가 너무 세게 밀어주는 바람에 그네에서

떨어졌던 기억이 로리의 뇌리를 스쳐 지나갔습니다. 도리가 그네 타기 싫다고 했을

때 겁쟁이라고 놀린 것에 대한 앙갚음이었습니다.

Rorry let go of Dorry... It took a long time to settle Rorry and Dorry, and take them to the car. It took 30 minutes to get to the theatre.

There was a long queue at the car park and there was a lorry which delayed them 10 more minutes. When they went inside, they saw big and bold letters which read: Comedies and Tragedies.

The Rabbits went inside: Comedies – and inside there were films of people doing silly things. Rorry and Dorry laughed, so did Mr. and Mrs. Rabbit!

Then they went into Tragedies – there were: enemies fighting and dying. Stories of unhappy events were being heard through the speaker. Rorry sniffed when he left the theatre.

"Yeah, it's fun and enjoyable."

Dorry, Rorry, Mrs. Rabbit and Mr. Rabbit all laughed.

THE END (Ooh!)

 Mrs. Miller's comment

Another great story Jiwon – much more punctuation included. can you think about paragraphs to also make it easier to read?

60

로리는 슬며시 잡고 있던 손을 놓았습니다. 도리와 로리의 싸움을 진정시키고 출발하기까지 꽤 시간이 걸렸습니다. 게다가 집에서 극장까지 30분, 주차장에 주차하려고 길게 늘어선 차들과 큰 트럭 덕분에 지연된 시간 10분 더. 이렇게 해서 공연장 안으로 들어가 보니 크고 굵은 글씨로 '희극관과 비극관'이라 쓰여 있는 전광판이 눈에 들어왔습니다.

먼저 희극관에 들어간 가족들, 웃기는 여러 장면들을 보며 로리와 도리는 배꼽을 잡고 웃었습니다. 물론 엄마 아빠도요.

이제 비극관으로 옮겼습니다. 적들이 서로 싸우다가 죽는 장면과 함께 해설자가 비극적인 이야기를 전해주었습니다. 극장을 나오면서 로리는 코를 훌쩍거리며 볼멘소리로 말했습니다.

"공연 재미있네."

덕분에 로리, 도리, 엄마, 아빠 모두 한바탕 웃어야만 했답니다.

끝(우와!)

 **밀러 선생님의 한마디**

지원이가 또 하나의 멋진 이야기를 썼구나.

이번에는 구두점을 많이 사용했네.

구두점을 사용하면서 읽기에도 편한 문장을 한번 생각해보지 않겠니?

61

# Rorry and Dorry go to the Beach

"Aghhahahaha!" cried Rorry. "Ha, ha, ha this is really tickly!" yelled Dorry. The Rabbits were at the beach. Mr. Rabbit was fishing, while Mrs. Rabbit was making lunch and Dorry and Rorry were playing. "Hey bunnies, I'm warning you. Don't go too far because there are sharks, and they come towards you if you go there!" said a liferabbit very sternly. Rorry gulped and had an 'I'm ever-so-worried' look on his face. Dorry just stared, open-mouthed. The twins looked at each other, and into the distance. Dorry took a step backwards (still open–mouthed) and they ran towards their mum.

# 바닷가에 놀러 간 도리와 로리

"하하하, 발바닥이 너무 간지러워." 도리가 깔깔대며 웃었습니다.

로리네 가족이 바닷가에 놀러 왔습니다. 아빠께서 낚시를 하시고 엄마는 점심을

준비하시는 동안 도리와 로리는 해변에서 놀고 있었습니다.

"어이, 너희들. 너무 멀리 가지는 마라. 이 바다에는 상어 떼가 살고 있거든, 너무

멀리 나갔다간 상어밥이 될 수도 있단다."

해변을 지키는 안전요원 아저씨께서 경고하셨습니다. 로리는 잔뜩 겁에 질린

표정으로, 도리는 너무 놀라 입을 다물지 못한 채 서로 바라보았습니다. 그리고

둘의 시선은 다시 먼 바다를 향했습니다. 도리는 여전히 입을 다물지 못하고

뒷걸음질 쳤습니다. 그리고 둘은 엄마를 향해 재빨리 뛰었습니다.

"Rorry, call Dad for lunch!" said Mrs. Rabbit. "Ok," rasped Rorry, as he swaggered off. "Tut," murmured Dorry. She narrowed her eyes.... "TA-DA!" declared Mrs. Rabbit! "Wha?" gasped the Rabbits except Mrs. Rabbit. "Look, tomato forked carrots, dandilion salad with strawberry cream, grape fried with cabbage and beetroot, and cucumber water!" yelped Mrs. Rabbit.

Chew, chew, chomp, munch, nap, scrape, eat munch, chew, chomp, chomp, chew! Fifteen minutes later all the food was gone! Ppppprrrrr, HA, HA, HA, HAA, phem, eh, heh, heh, heh!!! The Rabbits were all launghing their heads off staring at the empty plates.

THE END (Yummy)

 Mrs. Miller's comment

A great tale – good old Dorry and Rorry!

Good use of paragraphs, be sure not to miss a line and indent by two fingers.

"로리, 아빠께 점심 식사 하시라고 하렴."

"네." 로리가 숨을 헐떡거리며 대답하더니 엉덩이를 씰룩씰룩거리며 사라졌습니다.

"칫." 도리는 그런 로리의 뒷모습을 어이가 없다는 듯 바라보았습니다.

"짜잔!"

"우와!"

"이것 봐. 오늘의 메뉴는 당근으로 장식한 토마토, 딸기크림소스 민들레 샐러드,
튀긴 양배추, 홍당무와 포도, 그리고 오이주스란다."
엄마가 들뜬 목소리로 말씀하셨습니다.


우적우적, 냠냠, 아삭아삭, 싹싹 긁어서, 눈 깜짝할 사이에 식탁의 모든 음식이
사라져버렸습니다! 로리네 가족은 순식간에 비어버린 접시들을 바라보며 한바탕
웃었답니다.

끝(냠냠냠!)

 **밀러 선생님의 한마디**

광장히 훌륭한 이야기구나. 도리와 로리의 멋진 추억이네!
문단을 잘 나눴는데, 줄과 들여쓰기에 손가락 두 개 넓이를 사용하는 것도
꼭 기억하렴.

# 우리 가족의 주말 풍경, 놀다 지쳐 잠들 때까지!

### 제일 열심히 노는 아빠

"배지우! 아빠가 너 먼저 찾았으니까 네가 술래야."

지우는 대답 대신 고개만 저었다.

"아무도 술래 하기 싫으면 이제 술래잡기는 그만 해야겠네."

"왜 애도 이제 다섯 살인데 맨날 깍두기야. 쳇! 알았어 내가 술래 할게."

툴툴대며 지원이가 숫자를 세기 시작했다. 남편과 지우는 아래층으로 재빨리 내려
갔다. '꿍!' 하는 소리가 분명 들렸지만 다행히 지우의 울음소리는 들리지 않았다.
몇 초간의 정적이 흐른 뒤, 남편이 예사롭지 않은 목소리로 다급하게 나를 불렀다.
부리나케 내려가보니 남편이 소파에 쓰러져 있었다.

"나 머리에서 피가 나는 것 같아. 진짜야, 여기 좀 봐봐."

"어디? 여기?"

유심히 살펴보았지만 피는 뭐.

"엄마, 아빠 왜 이렇게 엄살꾸러기야?"

아빠 옆에 계속 서 있던 지우가 한마디 했다.

"그러게 말이야."

거실 커튼 뒤에 숨으려다 낮은 창틀에 머리를 세게 부딪힌 아빠 덕분에 오늘의 술래

잠기는 끝이 났다. 아이들은 주말이 되면 굳이 멀리 가지 않아도 아빠와 함께 집에서 노는 것을 좋아한다. 내가 아이들과 놀아주기 위해 노력한다면, 우리 남편은 아이들과 함께할 때 본인이 우선 재미있어야 하기 때문에 제일 열심히, 절대 양보 없이 아이가 되어 논다. 그 순간은 세상에서 가장 행복한 아빠와 아이들, 가장 가까운 친구가 된다.

## 자연과 함께 자라는 아이들

날씨가 좋은 주말이면 우리 가족은 김밥이나 샌드위치, 간식거리를 챙겨서 가까운 공원으로 향한다. 사슴이 많이 살고 있는 공원에 가면 지원이는 사슴을 쫓아다니느라 정신이 없거나 올라갈 수 있는 큰 나무를 용케도 찾아서 올라가 있다. 지우는 놀이터 안에 있는 큰 모래밭에 앉아서 몇 시간이고 놀 수 있다.

이른 봄에 농장을 찾아가면 갓 태어난 새끼 양들을 만날 수 있다. 동물을 좋아하는 지원이에게는 염소나 양들에게 직접 줄 수 있는 먹이 봉지를 꼭 사주어야 한다. 야외에 마련되어 있는 놀이터에서 놀다 보면 "돼지들의 달리기 경주가 5분 뒤 시작됩니다."라는 안내방송이 들려온다. 지원이는 냉큼 울타리 위로 올라가서 파란 리본 돼지를, 나는 빨간 리본 돼지를 1등으로 점찍었지만 둘 다 틀렸다.

때로는 자전거를 탈 수 있는 트랙이 잘 마련되어 있는 공원에 가기도 하고 집에서 먹다 남은 식빵을 챙겨 템즈 강이 흐르는 가까운 강변에 가기도 한다. 어디를 가나 백조와 오리 떼가 많이 있기 때문이다. 5월이 되면 엄마 오리를 졸졸 따라다니는 노란 새끼 오리 떼를 볼 수 있다. 아이들은 특별히 새끼 오리에게 빵 조각을 먹이려고 노력하지만 크고 욕심 많은 놈이 꼭 한두 마리 나타나서 순식간에 낚아채 간다.

여름이 다가오면 근처 과일농장을 찾아간다. 그곳에서는 아이들이 좋아하는 딸기,

우리 아이들은 가족과 함께, 자연과 더불어 노는 것을 가장 좋아한다. 특별하고 먼 곳이 아니라 동네 공원, 가까운 바닷가, 인근의 농장이면 충분하다. 하루 종일 지루할 틈이 없다.

라즈베리, 체리, 자두, 사과, 옥수수 외에도 다양한 콩과 야채들도 딸 수 있다. 남편과 지원이는 작은 바구니를 하나씩 들고 늘 멀리 앞서 가버린다.

"엄마 이거 빨갛다.", "엄마 저기, 응 그거 따 줘."

손이 닿지 않는 지우가 손가락으로 이리저리 가리켰다.

지우는 라즈베리를 특히 좋아한다. 아직 따는 요령을 깨닫지 못한 자그마한 손은 금세 빨갛게 물이 들고 입가에 먹은 흔적도 고스란히 남았다.

"엄마, 이것 좀 도와줘."

지원이는 건너편 밭에서 끙끙대며 당근을 뽑기 위해 줄기를 잡아 당기고 있다. 어느새 갖가지 과일이 담긴 바구니들로 가득해졌다. 금방 물러지는 과일들은 솔직히 좀 빼고 싶었지만 빨갛게 달아오른 아이들의 얼굴을 보니 마음이 약해졌다. '냉동실에 얼려두었다가 시원한 주스로 만들어 먹지 뭐.' 하며 계산대에 올렸다.


## 놀면서 배우는 진짜 삶

긴 여름방학이 되면, 멀리 자동차 여행을 갈 때도 있지만 솔직히 그건 우리 부부를 위한 여행이지 아이들은 유적지나 관광 명소 같은 곳은 그다지 흥미가 없는 듯했다. 그나마 "우리 오늘 재미있었지~" 하는 둘째 딸의 립서비스가 고마울 따름이다.

우리 딸들은 가까운 바닷가에 가는 것을 제일 좋아한다. 지원이는 화석을 찾겠다며 부지런히 거친 모래 사장을 뒤지거나 파도넘기를 하고 지우는 모래놀이에 여념이 없다. 게를 잡을 수 있거나 고등어 낚시를 할 수 있는 바닷가도 좋다. 아직까지 한 마리도 낚아본 적이 없는 내게 "엄마, 내가 잡은 고등어 맛있지?"라고 뿌듯해하며 자랑하던 지원이의 의기양양한 얼굴을 잊을 수가 없다.

비가 많이 오는 우울한 영국의 겨울이 되면 실내에서 노는 방법을 찾아야 한다. 음

악회에 가기도 하고 때로는 북적대는 런던 시내 구경도 하고 지원이가 좋아하는 자연사박물관도 간다. 크리스마스가 가까워오면 아이들을 위한 공연이 많아져 골라서 간다. 아이들은 쿠키 만들기나 컵케이크 장식하는 것도 무척 좋아한다. 물론 집 안은 엉망이 되지만 반죽 덩이를 주무르고, 갖가지 모양을 찍어내거나 빚어서 오븐에 구워 나왔을 때 원하는 모양 대로 되었는지 확인해보는 것도 함께 할 수 있는 재미있는 놀이다. 식용색소, 초콜릿, 설탕구슬 등으로 장식한 아이들의 쿠키.

주로 좋아하는 공룡을 만드는 지원이는 정작 만들고 나면 아까워서 못 먹는데 지우는 달콤한 장식물들을 먹느라 정신이 없다. 새해나 설이 되면 만두를 예쁘게 잘 빚는 아빠와 함께 만두를 꼭 만들어 먹는다. 처음 몇 번은 지원이가 만든 것은 못생겼다고 아무도 먹고 싶어하지 않았지만 이제는 제법 모양이 나온다.

하루는 저녁 준비가 다 끝났는데 수영장에 다녀오겠다고 나선 남편과 아이들이 세 시간이 넘도록 돌아오지 않았다. '지우가 너무 고단해서 저녁도 못 먹고 잠들면 안 되는데……' 초조하게 기다리는데 지원이가 먼저 문을 두드렸다.

"지우는?"

"아빠가 데려올 거야."

아니나 다를까 차에 타자마자 잠이 들었다는 지우, 집에 도착할 때는 완전히 곯아떨어져 있었다.

"적당히 좀 놀지."

"애들이 집에 올 생각을 안 해."

"엄마, 근데 아빠가 너무 신나게 놀다가 지우 까먹었다."

지우가 방치되었음을 이르는 지원이 앞에서 "배씨들은 물 좋아하지!"라고 말하며 얼버무리는 남편.

우리 가족의 주말 풍경이다.

영국에는 동물들을 만날 수 있는 공원이 많다. 토끼, 다람
쥐, 오리, 늑대, 여우, 돼지 등 동물이라면 가리지 않고 좋
아하는 지원이는 공원에 가면 동물들을 따라 다니느라 정
신이 없다. 한동안 동물 흉내내기에 빠져 있을 때는 눈에
띄는 동물이 있으면 그 흉내를 내며 뒤를 졸졸 따라다녀
주위 사람들을 웃음짓게 했다.

# Chapter 4

# 배움의 즐거움을 느끼며
# 자라는 아이

선생님께서 한마디 하시면 아이들은 일제히 손을 든다. 적절한 대답을 하는 아이도 있지만
엉뚱한 질문을 하거나 선생님의 실수를 지적해 주는 아이, 손을 들었지만
막상 아무 말도 못하는 아이까지 참 다양하다. 그래도 선생님은 끊임없이 질문하신다.
또 아이들은 꾸준히 손을 든다.

# Rorry and Dorry
# go to the Maths Park

"Rorry, Mum, Dad, look at this!" shouted Dorry. "What now?!" Rorry
whispered under his breath. "You'll be sorry you said that," muttered Dorry.
"Alright," said Rorry in his 'you-haven't-won' voice with a very sly grin on
his face. Then he pushed Dorry over, but Dorry just turned away. While
Dorry and Rorry were fighting, Mrs. Rabbit read the letter which said:

**Dear Mrs. Reeny Rabbit,**

As you know Dorry is a mini-calculator. She has won a Maths
Competition.
So, she has a free ticket to the Maths Park and to camp there for a week.
This is the following equipment her family needs and you will need to go,
as well as the rest of the family : Clothes, Trousers, Coats(3), Jumper,
T-shirt, Skirts (if needed), Shorts, Scissors, Hats, Paper, Pencil, Rubber
and other things for a Maths Camp. These are the dates that you will be
camping.

# 수학캠프

"로리! 엄마! 아빠! 이것 좀 보세요." 도리가 흥분해서 외쳤습니다.

"또 뭐지?" 로리가 조용히 중얼거렸습니다.

"그렇게 말한 걸 후회할걸."

"그래? 어디 두고 보자."

로리도 이번에는 당하지 않겠다는 듯 도리를 밀었지만 도리는 잽싸게 피했습니다.

도리와 로리가 그렇게 싸우는 동안 엄마는 편지를 읽어 보았습니다.

### 리니 래빗 부인께

다름이 아니라 댁의 따님, 살아있는 계산기 도리 양이 이번 수학경시대회에서 우승을 하였기에 일주일 동안 수학 테마파크에 입장할 수 있는 가족입장권을 드림과 동시에 수학캠프 이벤트에 참여하실 수 있게 되었음을 알려드립니다. 캠프 기간 동안 필요한 준비물을 알려드리오니 참고하시기 바랍니다.

### 준비물

코트, 티셔츠, 치마(필수사항은 아님), 반바지

가위, 모자, 필기도구, 그 외 필요한 물건들

Arrive: 18th January 2010 – 8:30 AM

Leave: 25th January 2010 – 3:30 PM

At: Hare's Hill (you will need a tent)

Yours sincerely

Harrabi Napobit, Head teacher

**P.S** : Your bunny will need to know formulae e.g: <, +, -, =.

Bunnies will be catching caterpillars and doing antennae maths (maths that involves using caterpillar's antennae!).

Mrs. Miller's comment:

A lovely letter inspired by our Father Christmas Letters. When using speech marks in your narrative think about beginning a new line for each new speaker.

**집합 장소**

일시: 1월 18일 오전 8:30 ~ 1월 25일 오후 3:30

위치: 헤어힐 언덕(캠핑 텐트는 각 가정에서 준비 바람)

해라비 나포빗 교장 드림

**추신**: 참가 어린이는 모두 아래 수학공식에 대해서는 알고 있어야 합니다.

<, +, -, =

또한 학생들은 더듬이 수학을 위해 애벌레를 잡는 활동을 할 것입니다.

(더듬이 수학이란 애벌레의 더듬이를 활용한 수학입니다.)

💬 밀러 선생님의 한마디

수업시간에 썼던 '산타할아버지에게 보내는 편지'에서 아이디어를 얻은 아름다운 편지네. 지원이가 쓰는 이야기 속에서 따옴표를 사용한 대화를 쓸 때에는 말하는 사람이 바뀔 때마다 줄바꿈을 해보렴.

# Rorry and Dorry
# FINALLY go Maths Camping (Day1)

"Dad, oh come on quick!" cried Dorry. "Just go straight then we're there, Dorry," sighed Mrs. Rabbit.

"Oooh, and Dorry please stay calm because Rorry's sleeping," whispered Mrs. Rabbit.

Dorry was very excited because she was finally going Maths Camping!

Fifteen minutes later Dorry and Rorry were standing and waiting for an elevator.

Ding, Dong!

"Come on, let's go!" called Rorry who was wide awake.

"Hey Rorry that's a freight elevator!" shouted Dorry.......

"Oh, em, okay," stammered Rorry.......


"WELCOME!" boomed a loud voice!

It was Miss Rabbcarerie.

"Well, hopefully you've all had lovely lunch?" asked Miss Rabbcarerie. She was a tall, young rabbit with a pair of black and white stripy glasses.

# 드디어 수학캠프에 가다, 캠핑 첫날

"아빠, 좀 더 빨리 갈 수 없어요?"

도리가 재촉하자,

"도리야, 조금만 더 가면 도착한단다. 그리고 로리가 아직 자고 있으니까 좀 조용히 할 수 없겠니?"

엄마께서 다정하게 말씀하셨습니다.

도리는 드디어 수학캠프장에 도착한다는 사실에 무척 흥분해 있었습니다.

15분 후, 도리와 로리는 엘리베이터 앞에서 벨이 울리기만을 기다리고 있었습니다.

이제 잠이 완전히 깬 로리, "야, 엘리베이터 왔다. 어서 타자!"

"안돼! 그건 화물 엘리베이터잖아." 도리가 소리쳤습니다.

"어…… 그러네." 당황한 로리가 더듬더듬 얼버무렸습니다.


"어린이 여러분 환영합니다. 모두들 점심은 맛있게 먹었나요?"

라브카래리 선생님의 우렁찬 목소리가 울려 퍼졌습니다. 검정색과 흰색 줄무늬 안경을 쓴 키가 큰 젊은 여자 선생님이었습니다.

Miss Rabbcarerie would sometimes frighten Rorry, but not a lot.

After a very boring speech it was time for dinner. ALL the food was handed out after Dorry and Rorry set up their tents, then they washed their paws and the food was distributed.

"Rorry, I think you've been wearing those clothes for about a week. I don't know why you love them so much, but just get changed before you eat," said Mrs. Rabbit tiredly with one of her 'I-want-to-rest faces' on. Mr. Rabbit gave a little tap on her back.

Rorry zoomed into his bag and got changed. The Rabbits ate the food which was very delightful. "This food is lovely, Mum!" shouted Rorry. "Why, yes it is. It's tonight's dinner," agreed Mrs. Rabbit.

THE END (Delightful!)

 Mrs. Miller's comment

Great use of ellipsis in your narrative.

can you use brackets within your writing next week and not just at the end?

Also don't forget those commas too!

이따금 선생님의 커다란 목소리가 로리를 깜짝깜짝 놀라게 만들었지요.

아주 지루한 강연들이 끝나자 저녁 식사 시간이 되었습니다. 음식은 도리와 로리가 야영텐트를 완성한 후에나 받을 수 있었습니다.

"로리, 너 지금 그 옷 거의 일주일 내내 입고 있었던 것 같은데, 밥 먹기 전에 제발 좀 갈아입어라. 왜 그렇게 그 옷만 좋아하는지 이해할 수가 없구나."

엄마가 '난 휴식이 필요해요'라는 표정으로 말씀하셨고 아빠는 그런 엄마의 등을 토닥거려 주셨습니다.

번개같이 옷을 갈아입고 온 로리가 유쾌하게 "엄마, 여기 음식 너무 맛있죠?"라고 묻자, "그래, 오늘 저녁은 꿀맛 같구나." 엄마도 맞장구치셨습니다.

끝(신난다!)

 **밀러 선생님의 한마디**

이야기에 말줄임표를 아주 적절하게 사용했구나.
다음 주에는 괄호를 작문의 끝만이 아니라 중간에도 사용해보겠니?
쉼표도 잊지 말고!

# Rorry and Dorry
# take a Maths Test (Day2)

Wriggle, wriggle. Rorry wriggled out of his dark blue sleeping bag, while Dorry leapt out of her zinc yellow sleeping bag.

"Whoa!" cried Dorry as she landed with a big "Bump!"

"Hey, what do you think you're doing!" shouted Rorry.

"Dorry, Rorry cut it out!" bellowed Mr. Rabbit.

"Rorry, just get changed," said the weary Mrs. Rabbit, as she flung over Rorry's shirt.

"Muuuum! I don't want to wear this blue shirt with a big fat carrot in the middle!" complained Rorry.

Mrs. Rabbit gave him a 'I-am-very-angry-with-you' stare. Rorry just put his clothes on.

"Dorry, wear what you were wearing yesterday," sighed Mrs. Rabbit.

After that Dorry and Rorry had their maths test which they both did very thoroughly. Dorry was very earnest to get her "Maths No.1 badge" - a huge badge with a real piece of gold, silver or bronze (No.1 was gold).

# 캠핑 둘째 날, 수학경시대회

꼼지락꼼지락, 로리는 꾸물대며 꿈틀꿈틀 파란 침낭에서 기어 나오고 있었습니다.

도리는 노란 침낭에서 펄쩍 뛰어나오다가 그만 로리와 꽝 부딪치고 말았습니다.

"아야!"

"야, 너 뭐 하는 짓이야." 로리가 소리를 질렀습니다.

"도리, 로리, 그만들 해라." 아빠께서 호통치셨습니다.

엄마는 로리에게 옷을 주면서, "로리, 어서 옷이나 갈아입어." 피곤한 듯

말씀하셨죠.

"엄마, 난 가운데 크고 뚱뚱한 당근 그림이 있는 이 파란색 티셔츠는 입기 싫어요."

로리가 투덜거렸습니다.

엄마는 '너한테 무지 화났거든' 하는 표정으로 쳐다보셨고 로리는 그냥 입어야만

했습니다.

"도리야, 넌 그냥 어제 입었던 옷 한 번 더 입으렴." 엄마가 한숨을 쉬며

말씀하셨습니다.


오전에는 수학경시대회가 있었습니다. 이번 대회의 상품은 진짜 금, 은, 동 조각이

들어있는 아주 커다란 배지였기 때문에 둘은 정말 최선을 다해 열심히 풀었습니다.

누구보다도 도리는 정말 1등 상 금배지를 간절히 타고 싶었으니까요.

Finally, the dreary test was finished but it was already lunch time. The food came out which was a carrot sandwich and cabbage soup. Dorry and Rorry gulped it down as fast as a cheetah!

THE END (Munch!)

 Mrs. Miller's comment:

Another super story. How could you use a semicolon?

지루한 시험이 끝나자 벌써 점심시간이 되었습니다. 도리와 로리는 점심으로 나온 당근 샌드위치와 양배추 수프를 치타처럼 빠르게 순식간에 먹어 치워 버렸습니다.

끝(아삭아삭!)

 밀러 선생님의 한마디

역시나 훌륭한 이야기구나. 지원이는 세미콜론 사용하는 방법을 알고 있니?

# Dorry and Rorry
# do Antennae Maths

"Ewwww! Anten... n... n... ae... ee MATHS!" screeched Rorry, sticking out

his tongue; he was flabbergasted.

"Yippie! I love antennae maths. It's my favourite!" cheered Dorry.

After breakfast, which was vegetable soup, the Rabbits went for a walk at

Haunted Hills.

"Mum, mum, why do rabbits call them Haunted Hills?" said Rorry

cautiously.

"I dunno," interrupted Dorry.

"Hey!" shouted Rorry meanly.

"Calm down you two," sighed Mr. Rabbit "I'll tell you why.... Because it is

haunted," whispered Mr. Rabbit mysteriously.... "It was a cold autumn day;

the clouds loomed overhead... and strange noises were heard." Rorry's heart

was thudding like mad. He thought that it would burst.

"This place is NOT haunted," cried Mrs. Rabbit.

"It's just a myth from the southernmost tip of Rabbit Land-Cartable"

laughed Mrs. Rabbit.

# 캠핑 셋째 날, 더듬이 수학

"우웩! 더듬이 수학이라니!" 로리가 꽥꽥거렸습니다.

충격에 휩싸여 혀를 내밀고 있는 로리와는 달리 도리는 환호성을 질렀습니다.

"야호, 신난다! 더듬이 수학시간, 정말 좋아!"

아침으로 야채 수프를 먹고 난 래빗가족은 '귀신 나오는 언덕'이란 곳을 향해 걸어

가고 있었습니다.

"엄마, 엄마, 왜 하필 지명을 귀…귀신 나오는 언덕으로 지었을까요?" 조심스럽게

로리가 물었습니다.

"아무도 모르지." 도리가 끼어들었습니다.

"너한테 안 물어 봤거든." 로리가 소리쳤습니다.

"애들아 제발 좀 그만해라." 한숨과 함께 아빠께서 으시시하게 이야기를

시작하셨습니다.

"자, 아빠가 설명해 줄게, 여기를 왜 귀신 나오는 언덕이라고 지었냐 하면…… 어느

스산한 가을날, 구름들이 막 몰려오더니 이상한 소리가 들려오기 시작했단다."

두근두근 콩닥콩닥, 로리는 심장이 곧 터져버릴 것만 같았습니다.

"아니야, 여긴 귀신 같은 거 없어. 그건 카타블이라는 래빗땅 최남단에서 전해오는

괴담일 뿐이란다." 엄마가 웃으면서 말씀하셨습니다.

Buzz, Buzz, Buzz, Buzz.

"Oh, the phone," said Mrs. Rabbit joyfully.

"Hello? Yep... uh... um... CANCELLED!" mumbled Mrs. Rabbit on the phone quietly.

"Dorry, I'm afraid that antennae maths is cancelled because there are no caterpillars," sighed Mrs. Rabbit unhappily.

"That's okay," muttered Dorry sadly.

THE END (Oh!)

 Mrs. Miller's comment

Another exciting installment in the Dorry and Rorry series. Great use of semicolons. Have you thought about making a book of your stories with illustrations?

때르릉, 때르릉

"어, 전화 왔다." 즐겁게 전화를 받으신 엄마께서 "네? 뭐라고요? 취소되었다고요?"

낮은 목소리로 통화한 후 실망해서 이야기하셨습니다.

"도리야, 어쩌지? 오늘은 애벌레들을 찾을 수가 없어서 더듬이 수학시간은

취소되었다는구나."

"할 수 없죠, 뭐." 도리가 시무룩하게 중얼거렸습니다.

끝(오우!)

 **밀러 선생님의 한마디**

> 또 한 편의 신나는 도리와 로리 이야기네. 세미콜론을 아주 적절하게
> 사용했구나.
> 네 이야기들을 그림과 함께 책으로 만드는 거, 한번 생각해봤니?

# 한국 엄마 눈에 비친 영국 초등학교

## 스스로 가고 싶은 학교

얼마 전 지원이 몸 상태가 별로 좋지 않아 보였다. 자고 일어나면 괜찮으려니 했는데 아침에 열을 재 보니 해열제를 먹어야 될 정도였다.

"지원아, 오늘은 학교 가지 말고 집에서 쉴래?"

"안 돼, 나 오늘 꼭 가야 돼. DT − Design & Technologies − 수업시간에 자동차 만들고 있는데 내가 안 가면 우리 조 애들 난리나."

주섬주섬 교복으로 갈아입는 모습을 보면서 문득 '어디가 아파서 학교 좀 안 갈 수 있으면 좋겠는데' 하는 생각을 종종 했던 내 모습이 떠올랐다. 적극적으로 참여할 수 있는 수업이 존재하는 학교, 아파도 가고 싶은 학교, 참 생소한 학교의 모습이다. 내 기억 속의 학교생활이란 늘 책상에 앉아서 수동적으로 선생님의 말씀을 듣거나 칠판에 적힌 것들을 부지런히 공책에 옮겨 적었던 기억들, 그리고 때가 되면 어김없이 찾아오는 시험들이 대부분을 차지한다. 과목별 교과서와 공책, 두꺼운 영어사전이 들어있는 돌덩이처럼 무거운 책가방 덕분에 늘 피멍이 들어 있던 나의 어깨도.

우선 영국의 의무교육 과정을 − 참고로 스코틀랜드는 다른 교육체계를 갖고 있다 − 간단히 소개하자면 초등 과정 7년, 중고등 과정 5년, 대학 진학을 원하면 준비 과정 2년을 추가로 거쳐야 한다. 만 네 살이 지나면 초등학교 1학년 준비 단계인 리셉션Reception으로 학교에 입학해 2학년까지 다니는데 여기까지가 영국의 단계별 교육과정 중 1단계Key Stage1, 즉 저학년들이다. 이렇게 저학년들만 다니는 학교를 보통 인펀트스쿨Infant School이라 부른다. 지원이는 이런 인펀트스쿨을 졸업하고 2단계Key Stage2, 즉 3~6학년의 고학년들이 다니는 주니어스쿨Junior School에 다니고 있다.

영국 초등학교와 내가 경험했던 학교의 가장 큰 차이점이라면 교과서가 없다는 것, 프로젝트 위주의 수업방식, 성적표를 위한 시험을 전혀 보지 않는다는 것이다. 그리고 필통을 제외한 모든 필요한 것들, 과목별 공책이나 숙제노트, 그밖에 필요한 재료들 대부분을 모두 학교에서 제공한다.


## 경험을 통해 입체적으로 배우는 아이들
·········································

초등학교에 교과서가 없는 이유는 정부에서 정한 공립 교육과정National Curriculum은 물론 있지만 아이들을 가르치는 방법은 각 학교의 재량이기 때문이다. 교육과정과 도달해야 하는 목표의 큰 틀은 같지만 무엇을 먼저 배우고 어떤 활동을 통해 접근하는지는 학교마다 많이 다르다.

프로젝트 위주의 수업이란 매 학기별로 한두 가지의 큰 주제를 폭넓게 배우고 경험하는 것인데, 예를 들면 고대 이집트, 그리스 로마, 인도, 튜더왕조 같은 역사의 한 부분, 또는 우주나 환경, 한 권의 책이 주제가 되기도 한다. 수학이나 체육시간을 제외한 대부분의 수업 시간과 숙제에서 그 주제를 함께 다룬다.

지원이의 지난 학기 주제는 튜더왕조였다. 튜더왕조를 소개하는 소책자 만들기부터 시작해서 모든 숙제가 그 시대를 탐색할 수 있는 것들로 주어졌다. 실제로 헨리 8세가 살았던 궁전으로 견학을 가서 전문 가이드의 설명을 들을 뿐만 아니라 여러 가지 그룹활동을 통해 지루하지 않게 주제에 대해 배웠다. 그 마지막은 '튜더시대 체험학습의 날Tudor Day'이다. 튜더시대의 주택 모형 만들기, 춤이나 예절 배우기, 쿠키 만들기 등등이 마련되었고 아이들은 반마다 돌면서 준비된 모든 활동에 참여해야 했다. 각 반 선생님들은 하나씩 서로 다른 활동을 맡는다.

그날은 아이들뿐만 아니라 선생님들과 도우미 엄마들도 – 어른들의 손이 많이 필요한 활동을 하게 되면 학부모들의 도움을 요청하는 경우가 있다 – 모두 그 시대 의상을 입고 등교해야 한다. 모자부터 신발까지 박물관이나 영화에서 보았던 의상으로 잘 차려 입은 아이부터 검정 원피스에 흰 앞치마를 두른 하인에 이르기까지 다양한 계층별 의상도 볼 수 있었다. 도우미로 참여했던 나는 너무 멋있는 귀족부인 드레스를 입고 있는 한 엄마에게 '저런 옷은 엄청 비싸겠는데' 생각하며 물어보았다.

"이런 옷은 어디서 구하세요?"

"마침 예전에 쓰던 두꺼운 커튼천이 있어서요. 그걸로 제가 만든 거예요. 저기 우리 아들 보이죠? 저 아이가 입은 조끼도 제가 만들어 주었어요."

학교 다닐 때 재봉틀 사용하는 법은 다 배우는 거라면서 자랑스럽게 대답했다.

책상에 앉아서만 배우지 않는 아이들. 선생님께서 한마디 하시면 아이들은 일제히 손을 든다. 적절한 대답을 하는 아이도 있지만 엉뚱한 질문을 하거나 선생님의 실수를 지적해 주는 아이, 손을 들었지만 막상 아무 말도 못하는 아이까지 참 다양하다. 그래도 선생님은 끊임없이 질문하신다. 또 아이들은 꾸준히 손을 든다. '대화식 수업, 참여 수업'이라는 말을 들어는 보았지만 나에게는 낯선 광경이었다.


## 1등보다 꼴등에게 관심을 기울이는 학교

2학년 끝날 무렵, 지원이 학교에서 가정통신문을 한 장 받았다. 내용인즉 특정 주에

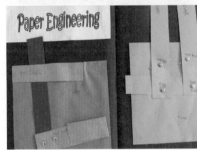

영국 초등학교 숙제의 대부분은 무언가를 그리고 만드는 것이다. 지원이는 남들과 다른 새로운 것을 만들고 싶어 늘 열심이다. 칼을 쓰는 등 아이가 하기 위험한 것, 또는 파워포인트로 하는 발표자료 등 어른의 도움이 꼭 필요한 경우를 제외하고는 늘 지원이 혼자 숙제를 해간다.

학업 성취도 평가 시험을 실시할 예정이지만 어떤 요일인지는 공개하지 않겠다는 내용이다. 왜냐면 다음 날 시험 본다는 것을 알게 되면 지나치게 스트레스를 받는 아이들도 있기 때문에 수업시간에 최대한 자연스럽게 실시하겠다나? 시험에 워낙 익숙한 생활을 해온 나로서는 '그렇게까지 배려해야 하나' 하는 생각이 들었다.

대부분 공립에 다니는 초등학생들은 2학년 때 한 번, 6학년 때 한 번, 초등학교 재학 중에 딱 두 번 공식적인 학업 성취도 평가National Test로 영어와 수학, 과학 시험을 본다. 이 시험은 개인의 학력 수준 테스트 목적보다는 각 학교의 교육 성취도 평가에 더 큰 비중이 있는 것 같다. 테스트하는 모든 과목을 목표 수준에 백 퍼센트 가까이 달성한 학교가 좋은 학교로 평가 받는다. 처음 한국에서 온 부모들은 이를 전교생이 100점을 받는 학교라고 흔히 오해하지만 실상은 정부가 정한 교육수준 이하의 아이가 하나도 없다는 뜻이다. 다시 말하자면 유난히 학력이 뒤쳐지는 아이가 없다는 것, 모든 학생이 이후 학업 과정을 밟기 위해 필요한 수준 이상의 학력을 지녔다는 뜻이다. 그러다 보니 학교에서는 공부 잘하는 아이들보다는 어려워하는 아이들, 뒤처지는 아이들에게 더 관심을 기울인다.

전교생이 나이에 따른 교육의 기대 수준에 도달하는 학교, 아이와 부모가 모두 만족하고 행복한 학교가 가장 좋은 초등학교로 평가 받는 사회. 일류대는 고사하고 대학 진학 자체도 강요하지 않는 부모 밑에서 자라나는 영국의 초등학생들은 누구나 당당하고 즐겁게 학교를 다닌다.

# Chapter 5

# 책을 좋아하는 지원이의 유쾌한 글쓰기

작년 이맘때쯤인가 차에 오르자마자 지원이가 뜬금없이

"엄마 난 어떻게 하면 게임기 가질 수 있어?" 하고 물었다.

"왜? 필요해?"

"아이들 대부분 다 있고 차 타고 멀리 갈 때나 아무튼 가끔 심심할 때 하면 좋잖아."

"근데 지원아, 너는 도리와 로리 이야기 언제 생각하니?"

"주로 차 타고 다닐 때? 심심할 때?"

"그럼 게임기가 생기면 그런 멋진 아이디어는 언제 생각할 수 있을까?"

"글쎄……."

벌써 일 년이 지났지만 지원이는 두 번 다시 게임기 이야기를 꺼내지 않았다.

# Rorry and Dorry go back to School

"So, do that and this, okay?" said Miss Harehill in her 'It's-A-Very-Miserable-Day' voice, glumly.

"So, get on; chop, chop," shouted Miss Harehill.

The class 5HH hurried to do their science experiment. Rorry was with Dorry, Albit, Ranny, Sonybit and Dunk-Line.

Sonybit is a show off; Ranny is ALWAYS being bossy and Dunk-Line is greedy. But Albit is bashful yet kind and helpful; he is also weak-willed.

"Albit, go and get a plastic bottle," commanded Ranny.

"Rorry, find some recyclable materials to put in the bottle; Dorry, write the prediction," ordered Sonybit. After that, Dunk-Line poured the dirty water into their filter.

"Thank you Rorry, the water is now undrinkable because of you. What on earth did you put into the bottle?" said Sonybit sarcastically.

"Grr..ah..eee..." Rorry growled.

(Rorry can loose his temper easily if he is teased.)

# 학교에 돌아온 로리와 도리

"자, 이렇게 하고 저렇게 하고. 알겠죠?"

오늘은 좀 우울해 보이는 헤어힐 선생님께서 침울하게 말씀하셨습니다.

"자, 서두르세요!"

5학년 HH반 아이들은 과학 실험을 위해 바삐 움직였습니다.

로리와 도리, 알빗, 래니, 소니빗, 그리고 덩크라인 이렇게 한 조가 되었습니다.

소니빗은 으스대기 좋아하고, 래니는 항상 대장 노릇만 하고, 덩크라인은

욕심꾸러기고, 알빗은 나약하고 수줍음이 많지만 친절하고 잘 도와주는

아이입니다.

"알빗, 가서 플라스틱병 하나 갖고 와." 래니가 시킵니다.

"로리, 병에 넣을 만한 재활용품 좀 찾아봐. 도리, 너는 실험결과 예측해서 적고."

소니빗이 명령합니다. 그리고 나서 덩크라인이 더러운 물을 완성된 정수기에

부었습니다.

"고맙다, 로리! 네 덕분에 도저히 먹을 수 없는 물이 나왔구나. 도대체 여기다 뭘

넣으셨을까?" 소니빗이 비아냥거렸습니다.

"으…이…구!" 로리가 이를 갈았습니다.

(로리는 놀림을 당하면 쉽게 이성을 잃어버립니다.)

"I CAN'T...." shouted Rorry.

(Although in the end his voice was muffled because Dorry had covered Rorry's mouth.)

"Rorry, you know... if you loose your temper it happens to be indestructible," sighed Dorry.

"In a few minutes I will test your inventions!" declared Miss Harehill.

Just before Miss Harehill came, Dorry quickly tweaked a few breakable materials in the bottle.

"Well done, Sonybit and your team; also the result came out great," Miss Harehill praised.

All the bunnies were now delighted.

THE END (Yay!)

 Mrs. Miller's comment

Good use of ellipsis in direct speech (speech marks).

Keep up the use of a semi-colon.

eg. The car broke down; we took it to the garage.

"더 이상은 못 참……."

(도리가 중간에 로리의 입을 막아 버렸기 때문에 아무도 잘 듣지는 못했답니다.)

"로리, 너도 알잖아. 너 이성을 잃으면 걷잡을 수 없게 되는 거." 도리가

소곤거렸습니다.

"이제 곧 각 조의 실험 결과를 살펴보도록 할게요." 선생님께서 말씀하셨습니다.

선생님께서 오시기 전, 도리는 몇 가지 깨지기 쉬운 재료들로 정수기를 재빨리

바꾸어 놓았습니다.

"잘했어요. 소니빗 그리고 이 조원들, 결과도 아주 좋아요."

선생님께서 칭찬하셨습니다. 이제야 모든 토끼들은 행복해졌습니다.

끝(만세!)

 **밀러 선생님의 한마디**

큰 따옴표 안에 말줄임표를 제대로 사용했구나.

세미콜론을 세미콜론은 영어에서 서로 관련된 문장, 또는 앞 문장을 보조하는 문장을 연결할 때 많이

사용한다. 우리말 표기에는 사용하지 않는 문장부호다. 꾸준히 사용하도록.

(예) 차가 고장났다; 정비소에 보냈다.

# Rorry and Dorry
# learn Hippotumnese

"SILENCE!" roared Mr. Mccarbit. Miss Harehill was in a meeting and a supply teacher came in to Rorry's class. Also Mr. Mccarbit had very strict rules....

"Now, today, we are going to learn about Hippotumnese*," said Mr. Mccarbit sternly.

"EY, you with a stripy shirt, how do you say: Hello! My name is... cam... ca... what, oh Cacarrot?" asked Mr. Mccarbit (squinting at Cacarrot's awful writing).

"Hiptamhi! De Mame eel is weedy Cacarrot," replied Cacarrot nervously.

"Good," said Mr. Mccarbit harshly.

"Class now I will teach you this," yelled Mr. Mccarbit.

# 하마어를 배우다

"모두 조용."

맥카빗 선생님께서 호령하셨습니다.

담임 선생님이신 헤어힐 선생님께서 중요한 회의에 참석하셔야 하기 때문에 대신
보조 선생님께서 들어 오셨습니다. 맥카빗 선생님도 매우 엄한 선생님으로 알려져
있습니다.

"자, 오늘은 하마어*에 대해 공부하도록 하겠다."

선생님께서는 눈을 찡그리시면서 엉망으로 적혀 있는 카카롯의 이름표를
보셨습니다.

"거기 줄무늬 옷 입은 학생. 이름이 뭐지? 뭐라고 쓴 거야? 음, 카카롯? '안녕하세요.
제 이름은 카카롯입니다'를 하마어로 말해 봐."

"힙탐히 디 메임 엘 에스 트위디 카카롯."

카카롯이 주저주저 대답했습니다.

"좋아, 그럼 오늘 새로 배울 말은 이거다."

This is what he wrote on the board:

| Long | Short | Hippotumnese | |
|------|-------|--------------|---|
| do not | don't | deote | deo'e |
| you have | you've | youar | yo'ar |
| could not | couldn't | cot-not | cotn' |
| does not | doesn't | oes-not | oesn' |
| should not | shouldn't | shonot | shono' |

THE END (Confused? You should be.)

*Hippotumnese is a language spoken in the Hippoish Isles.

 Mrs. Miller's comment

Another humorous story - I feel like I'm getting to know these characters really well.

맥카빗 선생님께서 차갑게 외치면서 칠판에 적으신 내용입니다.

| 원형 | 축약형 | 하마어 원형 | 하마어 축약형 |
|------|--------|------------|--------------|
| do not | don't | deote | deo'e |
| you have | you've | youar | yo'ar |
| could not | couldn't | cot-not | cotn' |
| does not | doesn't | oes-not | oesn' |
| should not | shouldn't | shonot | shono' |

끝(헷갈린다고요? 당연하죠.)

*하마어란 하마섬에서 사용하는 언어입니다.

 **밀러 선생님의 한마디**

이번에도 웃음이 나오는 재미있는 이야기네. 이제는 네 이야기에 등장하는
인물들이 친구처럼 가깝게 느껴지기 시작하는구나.

# Dorry and Rorry's Maths Lessons

"Maths Time," said Miss Sharpears happily, as she swaddled into the classroom.

"We will learn about decicarrots (which is the Rabbitland's way of saying decimals.), millilitres and millimetres." she continued.

"Dorry, have you worked out A1?" asked Rorry.

"Obviously," groaned Dorry in her 'I-am-fed-up-with-your-voice' tone.

"Okay, sorry," replied Rorry.

He knew nothing better than not to talk to Dorry because she was going to shout.

Rorry who easily looses his temper was going to SCREAM back, and I mean SCREAM back. Also, once Rorry and Dorry were in a fight and they were in a fight.

Once the class had finished, Miss Sharpears asked Rorry what a century was.

"A century is 100 years," replied Rorry confidently.

"Right, correct," said Miss Sharpears gleefully.

Dorry was asked what an octagon was and said: "A shape with 8 sides."

# 수학시간

"수학시간!", 샤피어 선생님께서 팔짱을 끼고 즐겁게 들어오셨습니다.

"오늘은 데시캐로(토끼나라 말로 소수점이란 뜻입니다), 밀리리터와 밀리미터에

대해 배우도록 할게요." 선생님은 계속해서 설명하셨습니다.

"도리, 너 1번 문제 풀었어?" 로리가 소곤거렸습니다.

"당연하지."

'수업 시간에 말 시키면 화낼거야' 하는 표정으로 도리가 대답했습니다.

또 한 번 도리를 건드렸다간 도리가 소리를 지를 것입니다. 그러면 로리도 이성을

잃고 왜 소리를 지르냐며 고함을 칠 것이고 상황은 걷잡을 수 없게 되어 버리겠죠.

이렇게 해서 끝이 없는 싸움이 또 시작될 것이라는 것을 로리는 누구보다도 잘 알고

있었습니다.

"알았어, 미안해."

수업 시간이 거의 끝날 무렵 선생님께서는 로리에게 '한 세기'가 몇 년인지

질문하셨습니다.

"100년이요." 자신 있게 로리가 대답했습니다.

"맞아요."

도리에게는 'octagon'에 대해 설명해 보라고 하셨습니다.

"옥타곤이란 여덟 개의 선분으로 둘러싸인 팔각형 평면도형입니다."

All of the questions were correct.

DING, DING, DING the bell rang.

"Munch time," cried the class.

The teacher let them rush outside.

**This is Rabbit Language**

| | |
|---|---|
| Munch time | Lunch time |
| Scrupa-dippa! | Yummy! |
| Yum-Yum on de food | Eating the food |
| I | Me |
| Me | I |
| Lak | Lick |
| Me do | Like |
| Undemate | Understand |

If you want to say 'I like lunch-time' in Rabbit language it is; 'Me me do munch time'.

Rabbit Menu - Scrupa-dippa

Carrot with Scrupa-dippa cabcab (cabbage)

Galic apples

Lak it

도리의 대답이었습니다.

선생님께서 내신 문제를 모두 맞히자 '땡땡땡' 종이 울렸습니다.

"쩝쩝시간이다!!"

선생님께서는 환호성과 함께 교실 밖으로 뛰쳐나가는 아이들을 그저

바라보셨답니다.


**토끼어를 배워보아요**

| | |
|---|---|
| 쩝쩝시간 | 점심시간 |
| 후르룹찹피아오! | 맛있다! |
| 맛맛냠냠밥 | 밥먹기 |
| 나는 | 나를 |
| 나를 | 나는 |
| 하타 | 핥다 |
| 나두하다 | 좋아하다 |
| 이친하다 | 이해하다 |


'나는 점심시간을 좋아한다'는 말을 토끼어로 바꾸면 '나를 쩝쩝시간 나두하다'가 돼요.


토끼의 메뉴 – 후르룹찹피아오

후르룹찹피아오 얍얍추(양배추)를 곁들인 당근

만을 사과

한 번 하타봐

Teacher : What es 3×4 eh?

Student : Me don't undemate, and me'm not brill et mathes.

**Translation :**

Teacher: What is 3×4 then?

Student: I don't understand, and I'm not brilliant at maths.

The End (Don't undemate!)

 Mrs. Miller's comment

Ha Ha Ha! What a lovely language! It made me chuckle!

A well presented installment Jiwon. An interesting language

created.

Have you looked at or read 'The Hobbit' by J.R.R. Tolkein? He wrote

a language and drew maps of the magical world he placed his

characters in. I've got a copy if you'd like to look at it.

선생님: 그래서 3×4는 언마자?

학생: 저를 이친하지 못하겠어요. 저를 수학아 소지 없어요.

**번역:**

선생님: 그래서 3×4는 얼마지?

학생: 저는 잘 이해를 못하겠는데요. 저는 수학에는 소질이 없어요.

끝(이해하려고 하지 마세요!)

 밀러 선생님의 한마디

하하하, 토끼어는 정말 멋지다! 선생님도 읽으면서 웃음이 나왔어! 지원이가 참 잘 나누어서 설명해놓았구나. 토끼의 언어를 참 흥미롭게 만들었네.

J.R.R. 톨킨의 〈호빗〉을 봤는지 모르겠다. 톨킨은 책 속 인물들이 사는 마법의 세계에서 사용하는 말도 만들어냈고, 그 세계의 지도도 그렸단다. 선생님에게도 한 권이 있으니까 관심 있으면 빌려줄게.

# Rorry and Dorry meet the Noisy Neighbour

"Rorry, What book are you reading?" asked Dorry.

"Why?" replied Rorry.

"Just."

"Why?"

"Just!"

"Why?"

"Oh, for carrot's sake just tell me, okay?"

"Fine - I'm reading: The Happy Crow."

"OKAY," sighed Dorry.

DING DONG!

"Eat the carrot!*" shouted Mr. Rabbit. (*It's an idiom for goodness sake).

"Who would ever come to our house at this early time?"

He opened the door.

"Hello Mr. Rabbit, I've just come to say: we've got a new, red car," boasted big Jim, the noisy neighbour.

Slam!

Mr. Rabbit just slammed the door.

# 성가신 이웃

"로리, 너 지금 무슨 책 읽고 있니?" 도리가 물었습니다.

"왜?"

"그냥."

"왜?"

"그냥!"

"왜?!"

"제발 그냥 좀 말해주면 안 되니?"

"좋아, 난 지금 〈행복한 까마귀〉란 책을 읽고 있어."

"그래."

그때 딩동 딩동 초인종이 울렸습니다.

"이런 이른 시간에 도대체 누구지?"

아빠가 문을 열자,

"안녕하세요? 래빗 아저씨, 저기 저 빨간 차 보이시죠. 저희 새 차예요."

시끄럽고 덩치 큰 이웃집 아이 짐이 신이 나서 자랑을 했습니다.

꽝!

아빠는 문을 세게 닫고 들어오셨습니다.

"It's haughty Jim... AGAIN!" cried the family of Rabbits.

"I'm GOING TO TEACH HIM A LESSON!" shouted Rorry angrily. Then he stormed off.

"Aren't you going to teach Jim a lesson, lazybones?" asked Dorry.

"Hey, I'm not lazy," growled Rorry.

After that, Rorry just went upstairs scowling and forgetting about Jim.

"You might have just upset Rorry," whispered Mrs. Rabbit.

"Fine. I'll say sorry," mumbled Dorry.

"Okay I'm... I'm SORRY!" spat Dorry.

Rorry seemed happy and just said "Okay!"

Rorry and Dorry had a little laugh.

THE END (Tee Hee)

 Mrs. Miller's comment:

Well laid out speech marks.

"정말 재수없는 짐!"

래빗 가족은 모두 기분이 별로였습니다.

"못 참겠다, 이번에는 내가 짐에게 한마디 하고 와야겠어." 큰소리치며 로리는

쿵쾅거리며 걸어나갔습니다.

"진짜 네가 가겠다고? 이 게으름뱅이야?" 도리가 비아냥거렸습니다.

"뭐야! 나는 게으르지 않다고!"

로리는 너무 화가 나서 씩씩대며 방으로 올라가 버렸습니다.

그리고는 그만 짐의 일은 까맣게 잊어버리고 말았습니다.

"도리, 오빠에게 좀 심했던 것 같구나." 엄마가 속삭였습니다.

"알겠어요, 엄마. 사과할게요." 도리가 중얼거렸습니다.

"오빠…… 미안해." 도리가 사과했습니다.

"됐어." 로리는 금방 기분이 풀렸습니다.

둘은 함께 살짝 웃었답니다.

끝(헤헤)

 밀러 선생님의 한마디

따옴표의 사용이 훌륭하구나.

# 책 읽기를 사랑하는 아이 지원이

## 영국 도서관의 즐거운 책 경험

여느 때처럼 구름이 잔뜩 하늘을 덮었고 비가 부슬부슬 내리기 시작했지만 제법 건강해진 지우를 데리고 처음으로 아침 일찍 도서관으로 향했다.

오늘은 도서관에서 유아들을 위한 스토리타임Story Time이 있는 요일이다. - 어느 도서관이든 취학 전 아동을 위해서 일주일에 한두 번씩 정기적으로 스토리타임을 갖는다 - 백일도 안 된 갓난아이부터 세 살 정도 된 아이들까지 엄마와 함께 둥그렇게 모여 앉아있었다. 몇 가지 동요를 신나게 부르고 나자 사서로 일하시는 할머니께서 두세 권의 책을 읽어주셨다. 30분 남짓 되는 짧은 시간을 위해서 궂은 날씨에도 열심히 유모차를 끌고 꼬박꼬박 도서관을 찾아오는 엄마들이 무척 존경스러웠다.

동네마다 있는 도서관은 아이들의 또 다른 놀이터다. 아기들이 모여서 노래 부르는 곳, 방학이면 아트교실이 열리고 가끔은 인형극이나 마술쇼도 볼 수 있는 작은 공연장이 되기도 한다. 책 읽기에 금방 싫증을 내는 지우지만 도서관에 가면 여러 모양의 의자를 가지고 놀거나 선생님 흉내를 내면서 잘 놀고는 한다.

이제 리셉션인 지우는 이틀에 한 번씩 학교에서 다른 책을 받아온다. 각자의 읽기 능력에 따라 가져오는 책이 다 다르다. 처음에는 아주 쉬운 책으로 시작했던 지우가 "엄마, 나 오늘 레벨 올라갔어."라며 자랑스럽게 스티커와 예쁜 도장이 찍힌 손등을 내민다.

"그래, 정말 잘했어. 아빠한테 전화해서 이야기할까?"

예전보다 두세 문장이 더 늘어난 책을 보며 지원이는 "에휴, 뭐냐 이게." 찬물을 끼얹는다. 하지만 어린 동생의 우쭐함과 흥분은 쉽게 꺾이지 않았다.

## 온몸으로 익히는 독서 습관

영국 초등학교에서는 독서기록장Reading Record Book을 일주일에 한 번씩 선생님께 제출해야 한다. 최소한 일주일에 세 권 정도 읽어야 하는데 지원이도 2학년 말이 되면서 프리리더Free Reader가 될 수 있었다. 프리리더들은 더 이상 정해진 그룹의 책을 가져가지 않아도 된다. 말 그대로 자유의 몸이 된 것이다. 학교에 있는 책 중에서 마음대로 골라 읽을 수 있고 마땅히 원하는 책이 없으면 집에 있는 책을 읽고 독서기록장에 적을 수 있다. 그 덕분인지 이제 5학년이 된 지원이도 여전히 일주일에 세 권 정도는 꾸준히 읽고 있다. 물론 어떤 책들은 너무 많이 반복해서 거의 문장을 외우고 있을 지경이지만 말이다.

독서기록장은 3,4학년의 경우 부모가 기입해줘야 하고 5,6학년은 자기가 써도 된다. 지원이네 학교에는 무언가를 잘 할 때마다 포인트를 주고 그에 따른 상을 주는 포인트제도가 있는데, 책을 읽고 독서기록장에 기입해도 포인트를 받을 수 있다. 책 세 권 읽으면 1포인트, 세 권 이상부터는 한 권당 1포인트를 추가로 준다. 지원이는 거의 다섯 권 정도 읽으니까 3포인트를 받는다. 한 반이 보통 대여섯 그룹으로 나뉘는데 일주일마다 제일 포인트를 많이 모은 그룹이 상을 받는다. 조그마한 장난감이나 사탕, 젤리, 초콜릿 같은 것, 아니면 일주일 동안 의자에 쿠션을 깔고 앉을 수 있는 권한 같은 것을 받는다고 한다.

책문화가 발달한 영국에는 멀지 않은 곳에 서점
이나 도서관이 여러 곳 있다. 책이 있는 곳이면
지원이는 어디든 편히 주저앉아 한참을 꼼짝 않
고 있다.

일 년에 한 번씩은 책의 주간Book Week이 있어 유명한 작가를 초청해서 이야기도 듣고 어떻게 하면 글을 잘 쓰는지 배우기도 한다. 그 기간 중 하루는 교복 대신 자기가 좋아하는 책 속 캐릭터로 분장해서 오는 날이 있는데 제일 잘 분장한 사람에게 상을 준다.

또 세계 책의 날World Book Day 행사 때는 학교에서 1파운드 상품권을 나눠준다. 그 날은 방과 후 학교에서 책을 파는데 그때 사용할 수도 있고 다른 서점에서 사용할 수도 있다. 영국 학교에서 책 읽기는 무척 중요한 학습 과정으로 다뤄지고 있음을 느낀다. 그렇다고 아이들에게 단순히 책 읽기를 강요하는 것이 아니라 즐거운 놀이와 경험을 통해 몸에 습관으로 배어들게 한다.


## 따분함으로부터 얻은 유익

작년 이맘때쯤인가 차에 오르자마자 지원이가 뜬금없이 "엄마 난 어떻게 하면 게임기 가질 수 있어?" 하고 물었다.

"왜? 필요해?"

"아이들 대부분 다 있고 차 타고 멀리 갈 때나 아무튼 가끔 심심할 때 하면 좋잖아."

"근데 지원아, 너는 도리와 로리 이야기 언제 생각하니?"

"주로 차 타고 다닐 때? 심심할 때?"

"그럼 게임기가 생기면 그런 멋진 아이디어는 언제 생각할 수 있을까?"

"글쎄……."

벌써 일 년이 지났지만 지원이는 두 번 다시 게임기 이야기를 꺼내지 않았다.

남편은 게임을 꽤 좋아했던 사람이긴 하지만 아이들에게 게임기를 사주지 않겠다는 것은 나와 의견이 일치한다. 게임기가 흔하지 않았던 시절에는 일요일 예배가 끝나면 주로 지원이는 아이들과 함께 축구를 하거나 잡기놀이를 하거나 뛰어놀았다. 요즘은 게임을 하고 있는 아이들 옆에 앉아서 열심히 구경하고 있는 모습이 눈에 많이 보인다. 직선적으로 말하자면 나는 게임기가 싫다. 아이들의 놀이, 대화, 관계 맺는 훈련, 사색하는 힘, 창의력을 게임기가 갉아먹는 것처럼 느껴지기 때문이다. 어쩌면 지원이의 독서 습관은 심심한 것을 잠시도 견디지 못했던 지원이가 얌전하게 시간을 보낼 수 있는 유일한 방법이 '책 읽기'이었기 때문에 가능했던 것일 수도 있다.

장보러 가거나 쇼핑센터에 가면 점원의 눈치를 살피게 만들었던 지원이, 프리리더가 되면서부터는 더 이상 잔소리를 들으며 견뎌야 하는 지루한 시간이 아니다. 오히려 엄마가 사 주지 않는 신간이나 아이들 잡지, 집에 없는 책들을 읽을 수 있는 절호의 기회로 삼는 것이다. 어느 대형 마트든 어린이책 코너가 작게라도 꼭 하나는 있다. 도착하자마자 지원이는 읽을 책을 몇 권 집어서 땅바닥에 철썩 주저앉는다. 소파가 있는 서점이라면, 그곳을 내 집처럼 편하게 생각하는 아이를 뒤로 하고 나도 홀가분하게 쇼핑을 할 수 있다. 십중팔구 읽던 책을 끝까지 읽을 때까지 ─ 냉동식품이 완전히 녹아버릴 걱정만 없다면 ─ 기다려야 하겠지만 말이다.


## 신기한 모자이크

도리와 로리 이야기를 읽으며 지원이가 만들어낸 멋진 모자이크 작품을 보는 듯 했다. 새롭고 신선하지만 어딘지 익숙한 느낌이다. 각각의 작은 조각들을 가만히 들여다 보면 일상의 기억, 과거의 경험, 학교생활, 순간순간 느꼈던 느낌, 꿈꾸는 세상과 희망, 지원이가 읽었던 책들이 보인다. 아침마다 늦장부리는 로리, 옷이 더럽든 뒤집어 입었든 전혀 신경 쓰지 않는 아이, 그런 덜렁대는 로리는 내 딸 지원이의 모습이다. 지원이는 선생님들의 긴 설명은 늘 지루하게 느껴져 도저히 귀담아 들을 수 없

영국 도서관 어린이 서가에는 아이들을 위한 크고 작은
소파, 스툴 등이 있다. 아이들은 따뜻한 분위기에서 편안
하게 앉아 맘껏 책을 읽고 또는 놀며 시간을 보낸다.

는 아이지만 가끔씩은 '나도 아주 순종적인 모범생이 되고 싶다'는 생각도 한다는 것을 도리를 통해 알게 되었다.

지원이가 매일매일 만나는 일상이 얼마나 소중하고 중요한지도 새삼 깨달았다. 아이들과 다른 외모를 가진 지원이의 학교생활, 주변 친구들, 이사했던 기억, 엄마가 집안일을 많이 해서 유난히 피곤해 했던 날이면 아빠가 안마해 주던 모습, 아빠의 장난기가 발동했을 때, 언젠가 아주 풍성하고 맛있었던 식탁, 마음에 안 드는 옷을 억지로 입어야만 했던 일, 억지로 나갔지만 생각보다 재미있었던 외출 등등 지원이 머릿속의 기억이 한 장 한 장 사진처럼 보인다.

누가 시키지도 않았는데 지원이는 그 순간순간을 놓치지 않고 글과 그림으로 되살렸다. 일상의 소소하지만 빛나는 순간, 지원이는 그 행복한 기억을 영원히 추억하고 싶어서 동화를 쓰게 된 것이 아닐까.

지원이의 상상력의 출발점은 바로 기억이란 이름의 보물창고였다! 그러나 한편으로는 가슴이 철렁했다. '도저히 부끄러워서 공개할 수 없는 내 모습이 드러나면 어떡하지.' 떨리는 마음으로 도리와 로리 남매의 엄마를 다시 한 번 살펴볼 수밖에 없었다.

지원이의 보물창고에 아름다운 추억만 있지는 않을 것이다. 후회, 상처, 잊을 수 없는 말이나 사건들, 실패의 기억들, 슬픔, 실수 등이 있겠지만 뒤적이다 보면 엄마 아빠의 말투와 표정, 정성 어린 엄마의 도시락, 아빠가 고쳐준 낡은 자전거, 꽃병에 꽂혀 있는 새로운 꽃, 깨끗하게 변신한 책상이나 침대 등, 아주 사소한 일상에서부터 특별한 외식이나 뜻밖의 선물, 즐거웠던 휴가나 가족여행, 크리스마스나 생일날의 기억 등 아름다운 추억도 많이 찾을 수 있겠지.

열심히 보물상자를 뒤지고 있을 아이들의 모습을 상상하며 오늘 하루도 조심스럽게 최선을 다해 살아야겠다.

## Chapter 6

# 지원이에게 듣는
# 베지랜드 이야기

머릿속으로 장면들을 상상하면서 읽는 것이 재미있어요. 나만의 영화를 만드는 거죠.
또 책을 통해서 새로운 어휘나 사실들을 많이 배울 수 있거든요.

# 머릿속으로 장면을 상상하며
# 나만의 영화를 만들어요

지원이의 글은 한 편 한 편의 에피소드 자체도 재미있지만, 글의 바탕에 깔려 있는
베지랜드라는 세계와 그 속에서 살고 있는 캐릭터의 단단한 힘이 매력적이다. 알면
알수록 빠져드는 상상력의 세계 베지랜드와 보면 볼수록 궁금한 지원이의 동화
쓰기 과정, 그리고 뒷이야기에 대해 지원이의 이야기를 직접 들어보았다.

### 이사로 이야기를 시작한 이유
4학년 새학기 시작하기 직전에 우리도 이사를 했어요. 그래서 제 이야기도 그렇게
하고 싶었어요.

### 동화 속 인물 중 가장 좋아하는 캐릭터
로리요. 로리는 장난꾸러기고 자주 투덜대기도 하지만 그래도 학교생활은 잘 하는
편이거든요. 공부도 그렇고요. 솔직히 저랑 제일 많이 닮았죠.

### 재미있는 이름 짓기 비밀
이름들은 영어 단어와 동물의 특징을 생각해서 만들었어요. 예를 들어
로리(Rorry)는 'rabbit'의 'r'과 'carrot'의 'rr'을 조합해서 지은 이름이에요.
토끼가 당근을 좋아하니까요. 라브롯(Rabrot)이란 이름도 'rabbit'과 'carrot'의

조합이죠. 또 헤어힐(Harehill)이란 이름은 산토끼(Hare)들은 주로 언덕(Hill)에 사니까 'Harehill', 여우면 'fox'에 'ie'를 붙여 폭시(Foxie), 새면 'bird'에 'y'를 더해 버디(Birdy) 뭐 이런 식이죠.

## 래빗학교의 다른 동물들

로리네 학교에는 많지는 않지만 토끼 외에 다른 동물들도 있어요. 저도 영국 학교를 다니는데 대부분은 영국 아이들이지만 저처럼 외국인들도 있잖아요. 유럽 다른 나라에서 온 아이들도 좀 있고, 아랍어를 쓰는 아이, 일본 아이 두 명, 또 지영이라고 한국 친구도 한 명 있죠. 비록 모두 영어가 모국어는 아니지만 학교에 다니다 보면 영어를 배우게 되고 영어만 써야 하는 것처럼 욱시도 래빗학교에 다니려면 래빗어를 배워야 하고 써야해요.

## 한 번 나오고 사라진 욱시의 뒷이야기

욱시는 친구들한테 그냥 장난친 거고요, 도리와 로리랑 친구로 잘 지내고 학교에서도 잘 지내요. 만약 욱시가 토끼를 한 마리라도 잡아먹었다면 법을 어기는 것이고 당장 베지랜드에서 추방이죠.

## 베지랜드와 동물들의 세계

제가 만든 이야기 속의 세상은 세 개의 대륙으로 나뉘어져 있어요. 육식동물대륙Carnivore, 초식동물대륙Herbivore, 그리고 그 사이에 잡식동물대륙Omnivore이죠. 같은 대륙 안에서는 자유롭게 이동할 수 있지만 다른 대륙으로의 이주는 정해진 규정을 지키겠다고 약속하고 각 나라 정부의 허가를 받아야만 가능해요. 대부분 같은 종족끼리 모여 살지만 간혹 다른 곳으로 이주해서 다른 동물들과 함께 살기도 해요. 제가 한국사람이지만 한국이 아닌 영국에서 사는 것처럼 말이죠. 하마어나 새언어를 배우는 것은 제2외국어 개념이죠. 지금 저도 학교에서 제2외국어로 프랑스어를 배우거든요.

### 지원이가 좋아하는 이야기

새로운 동물들의 언어를 만들 때가 제일 재미있었어요. 그리고 제일 좋아하는 이야기는 수학캠프에 초대받은 이야기예요. 어떻게 할까 고민 많이 했거든요. 아무튼 한 장의 편지로 새로운 이야기 여러 편이 만들어졌잖아요.

### 앞으로의 동화 쓰기

로리 도리 이야기는 계속 쓰고 싶기도 하고 한편으로는 욱시나 폭시 같은 다른 아이의 관점에서 써 보고 싶기도 해요. 아직은 잘 모르겠어요. 또 동물 중에 늑대를 제일 좋아하는데 늑대나 용이 주인공인 이야기를 쓰고 싶어요. 포켓몬 스토리도요.

### 책에서 얻은 아이디어

재클린 윌슨Jacqueline Wilson이 쓴 〈Double Act〉라는 책은 쌍둥이들의 이야기인데 거기서 쌍둥이 주인공의 아이디어를 얻었고, 〈Horrid Henry〉 시리즈에 나오는 헨리가 소니빗과 좀 닮은 점이 있죠. 거기 나오는 선생님들도요.

### 지금까지 읽은 책 중 가장 좋아하는 책

제일 좋아하는 건 요즘 읽고 있는 〈해리포터Harry Potter〉 시리즈요. 수수께끼를 풀어가면서 읽을 수 있어서 좋아요. 밤에 자려고 불을 끄고 누워있으면 계속 생각을 하게 되거든요. 그리고 〈마법에 걸린 괴물을 구하라Beast Quest〉 시리즈도 좋아요.

주인공 톰은 용감하지만 힘이 아주 세지는 않은데 그래서 괴물들, 주로 그리스, 로마 신화에 나오는 괴물들과 비슷한데, 이 괴물들과 싸울 때 힘보다는 지혜를 사용해서 싸우는 것이 좋아요. 또 성경 이야기를 누구나 읽을 수 있는 소설로 다시 쓴 〈나니아 연대기The Chronicles of Narnia〉도 흥미롭고 좋아요.

### 지원이의 장래희망

작가도 되고 싶고 과학자도 되고 싶어요. 이야기를 만드는 것도 재미있지만 실험 같은 것을 통해 새로운 것을 발견하고 알아 가는 것도 재미있거든요. 엄마 말씀처럼 둘 다 될 수 있으면 좋겠어요.

### 책이 좋은 이유

머릿속으로 장면들을 상상하면서 읽는 것이 재미있어요. 나만의 영화를 만드는 거죠. 또 책을 통해서 새로운 어휘나 사실들을 많이 배울 수 있거든요.

# Chapter 7

# 지원이의 동화 쓰기를 이끌어준
# 밀러 선생님 이야기

아이들은 모두 다릅니다. 저마다 다른 독특한 개성과 장점들이 있습니다.

아이들 속에 숨어 있는 각기 다른 잠재력을 발견해주고 그것을 자극하고 끌어내는 것이 곧

선생님의 역할이 아닐까요?

만약 지원이처럼 상상력이 풍부한 아이라면 그것을 유지하고 발전시키기 위해서

무엇보다도 꾸준히 책을 읽는 것이 아주 중요하다고 생각합니다. 그 외에도 상상의 세계를

표현하는 창의적인 활동을 할 수 있는 충분한 시간도 필요합니다.

\* 이 글은 지원이 엄마가 밀러 선생님을 인터뷰하고 쓴 글입니다.

# 아이마다 다른 개성과 장점, 잠재력을 발견하고 끌어내 주세요

솔직히 지원이가 밀러 선생님께서 지원이의 동화를 책으로 만들어 보라고 말씀하셨다고 이야기해주기 전까지 나는 지원이의 작문 숙제를 읽어본 적이 없었다. 영작문이야 이제는 나보다 지원이가 더 나을 테니 말이다. 기껏해야 20~30분이면 끝낼 수 있는 작문 숙제를 너무 오래 하고 있는 것 같아 적당히 하라고 말한 적도 있었다. 부끄럽지만 지원이의 글을 읽고 나서야 왜 두세 시간이 필요했는지 이해하게 되었다.

이제 막 결혼하셨다는 밀러 선생님을 처음 만났을 때 마치 국가대표 여자농구팀 선수를 만나는 것 같았다. 일단 선생님의 체격에 아이들이 압도당할 만큼 키가 무척 크고 체격도 좋으셨다. 지원이도 선생님께서 화가 나시면 엄청 무섭다고 했지만 등하교 길에 만나는 선생님은 늘 활기차 보이고 에너지가 넘쳐 보여 좋았다. 간혹 학부모 도우미로 수업시간에 함께 참여하게 되면 몇 번이고 고맙다고 하시며 친절하게 대해주신다.

지원이 학교에는 점심시간이나 방과후에 아이들이 참여할 수 있는 여러 가지 클럽활동이 있다. 외부에서 강사가 오는 경우는 따로 돈을 내야 하지만 학교 선생님들이 운영하는 클럽은 원하는 사람 누구나 무료로 참여할 수 있다. 밀러 선생님은 목요일마다 방과후 네트볼 클럽을 운영하면서 아이들과 함께 운동을 하셨다. 아이들 하나하나에 애정과 열정을 갖고 계신 참 좋은 선생님이시다.

지원이는 작문 숙제를 정말 즐거워했다. 작문 숙제를 할 때면 책상 앞에 꼼짝 않고 한참을 앉아 있었고, 남편은 그 모습이 생소했는지 하루는 슬그머니 내게 다가와서 "도대체 지원이 지금 뭐 하는 거야?"라고 물어보았을 정도였다. 사실 나중에는 아이디어가 없다며 하소연을 하기도 하고 좀 지친 것 같아 보이기도 했다. 그래도 포기하지 않고 끝까지 동화 쓰기를 계속 할 수 있었던 것은 때로는 진심 어린 한마디 말을 건네주고, 때로는 아이들 앞에서 지원이의 글을 읽어주었던 밀러 선생님의 응원과 격려, 칭찬의 힘이었음을 느낀다.

이제는 학년이 바뀌어 새로운 담임 선생님께 배우고 있지만 밀러 선생님은 여전히 지원이에게 관심을 갖고 책 만드는 내내 도움을 주시려 했다. 곧 출산 휴가를 앞둔 터라 당분간 만날 수 없는 밀러 선생님을 만나 지원이의 학교생활에 대해 평소 궁금했던 것들 몇 가지를 여쭤보았다.


*지원이를 일 년 동안 지도하셨는데 선생님께서 보신 지원이는 어떤 아이였나요?*
지원이는 독창적이고 자아가 강한 아이입니다. 배움에 대한 열정도 남다르죠. 선생님마다 각자 다른 강점들이 있고 또 중요시 여기는 것이 다르겠지만 저는 창의적인 것을 중요시하고 제 스스로도 창의적인 사람이라고 생각합니다. 그렇기에 지원이의 창의적인 결과물들을 누구보다도 제가 무척 재미있게 즐길 수 있었습니다. 솔직히 말하자면 상상력이 풍부한 지원이와 저는 서로 통했다고 할까요, 한마디로 코드가 맞았습니다. 아쉬움이 있다면 지원이는 좋아하는 활동은 정말 열심히 잘 하지만 싫어하는 활동, 예를 들어 노래, 춤, 연극을 하는 시간에는 전혀 참여를 하지 않는 점입니다. 담임 선생님으로서 아이디어가 많은 지원이가 그룹 활동이나 학급 전체 토의에 의견을 많이 내고 기여를 했으면 하는 기대를 했었는데 좀 소극적이었죠. 물론 문화적인 차이도 있었을 거라는 생각이 듭니다.

엄마의 입장에서도 아이들을 지도할 때 어려움을 가끔 겪는데 선생님이 아이들과 늘 함께하면서 만난 그들만의 독특한 세계, 감성은 무엇인지 그냥 편하게 이야기해 주실 수 있나요? 그리고 저 같은 평범한 엄마들에게 선생님이 해 주고 싶은 이야기가 있다면 무엇인지도 궁금해요.

아이들은 모두 다릅니다. 저마다 다른 독특한 개성과 장점들이 있습니다. 아이들 속에 숨어 있는 각기 다른 잠재력을 발견해주고 그것을 자극하고 끌어내는 것이 곧 선생님의 역할이 아닐까요?

만약 지원이처럼 상상력이 풍부한 아이라면 그것을 유지하고 발전시키기 위해서는 무엇보다도 꾸준히 책을 읽는 것이 아주 중요하다고 생각합니다. 그 외에도 상상의 세계를 표현하는 창의적인 활동을 할 수 있는 충분한 시간도 필요합니다. 그림 그리기 좋아하는 지원이라면 그림을 통해 자기의 상상력을 표출할 수 있겠죠. 물론 중고등학교에 진학해서 학년이 올라갈수록 해야 하는 과제들과 공부를 위해 투자해야 하는 시간도 많이 늘어나야 하겠지만, 그럼에도 불구하고 자유롭고 창의적인 시간을 충분히 가질 수 있도록 적극적으로 배려해주시면 도움이 되리라 생각합니다.


여러 아이들을 지도하시면서 다양한 경험을 하셨을 텐데, 지원이 또래의 아이들은 어떤 방법으로 이끌어줘야 할까요?

아이들의 노력에 대한 칭찬, 한 걸음 더 나아갈 수 있도록 적극적으로 격려해 주는 것, 그리고 진정한 관심은 아이들에게 더 잘하고 싶은 욕구를 갖게 해줍니다. 아이들 스스로가 무언가에 대한 열정을 갖도록 해 주는 것이 결국 가장 중요한 것이 아닐까요?

아시다시피 지원이가 하기 싫어하는 일을 하도록 만드는 것이 엄마로서 제게는 참 어려운데 어떻게 하는 것이 좋을까요?

단순히 엄마가 시키니까 할 수는 없겠죠. 지원이 또래의 아이들은 스스로 동기를 찾고 자신에게 동기를 부여할 수 있습니다. 엄마가 지금 나에게 왜 이것을 하라고 하시는지, 왜 필요한지, 하기 싫은 일을 함으로써 얻는 것은 무엇인지 또는 하지 않아서 손해 보는 것은 없는지 따져보고 스스로 결정을 내리고 실행에 옮길 수 있도록 격려해주세요.


마지막으로 지원이랑 코드가 맞았다고 하셨는데 만약 지원이랑 잘 맞지 않는 선생님을 만나게 되었을 때 지원이에게 어떤 조언을 해 줄 수 있을까요? 사실 지금도 본인이 좋아하지 않는 선생님의 수업은 몹시 지루해하고 거의 참여를 안 하는 것을 아실 텐데 그런 지원이에게 한 말씀 해주세요.

지원이에게 이렇게 얘기해주고 싶어요.

"잘 맞지 않는 선생님, 친구들을 만났을 때는 인간관계 맺는 것을 배우는 기회, 사회생활을 위한 훈련의 시간이라 생각하렴. 누구든지 자기와 잘 맞는 사람하고만 관계를 맺으며 살 수는 없단다. 특히 선생님과 학생 사이의 관계에서 그런 태도는 네게 주어진 배움의 시간을 낭비해 버리는 거잖니? 네가 어떤 이유에서든지 배움의 기회를 놓쳐버린다면 결국은 너만 손해를 보게 되는 것이란다.

지원이가 마음먹으면 뭐든지 할 수 있다고 선생님은 믿고 있단다. 학교에서는 네가 배우고 얻어갈 수 있는 만큼 많이 가져가렴. Grab it!! Jiwon!"

# 우리 가족을 소개합니다

### 가족을 웃게 하는 사람, 남편

뭐든지 한 번 빠지면 쉽게 헤어나오지 못하고 바로 눈앞에 있는 것도 잘 못 찾는 남편. 지원이를 보면 어린 시절 자신의 모습이 떠오른다는 닮은 꼴 아빠.

사람들과 어울리는 것을 좋아하는 남편은 순간순간 재치 있는 유머로 주변 사람들을 웃게 만드는 사람이다. 무엇보다도 아이들의 가장 가까운 친구 같은 아빠, 아내를 배려해주는 좋은 남편이 되기 위해 애쓰는 멋진 남자다.

간혹 누군가 선물을 하려고 아이들의 성별을 물어보면 사내아이 같은 지원이 때문에 주저 없이 아들 하나, 딸 하나라고 대답하지만, 엄마 외에는 집안에 여자가 없었던 그는 지금 각기 다른 세 여자 틈바구니에서 새로운 세상을 경험하며 살고 있다.

## 아이들을 통해 새로운 세상을 만나게 된 나

사람들과 수다 떠는 것보다, 몸을 막 움직이는 활동보다 혼자 조용히 있는 시간이 편하다. 그렇지만 때로는 다혈질이기도 하고 뭐든 새로운 경험을 하는 것이 싫지는 않다. 새로운 식재료를 사보는 시도도 여전히 포기할 수 없고, 아이들과 함께 무언가를 만들다 보면 시간가는 줄 모른다. 남자 형제가 없었던 나는 예쁘게 차려 입고 인형을 갖고 놀거나 소꿉놀이 하는 것을 좋아했다. 어릴 적 전혀 관심이 없었던 동물의 세계와 – 지원이는 그 중에서도 특히 사자, 늑대, 파충류를 좋아한다 – 공룡의 세계는 지원이를 통해 처음 접하게 되었다. 퍼즐 맞추기, 자동차, 공룡, 동물, 레고 등을 좋아하는 지원이 덕분에 나는 또래 여자아이 엄마들과는 할 이야기가 없다. 남자아이들과 전혀 어울리지 않았던 나, 그런 내가 이제는 오히려 남자아이를 둔 엄마들과 이야기 하는 것이 더 편하다.

133

## 마음먹은 일은 끝까지 해내는 지원이

한 번 잡은 책은 다 읽을 때까지 손에서 놓지 않는 아이. 불편한 것을 무척이나 싫어하는 아이, 그래서 늘 헐렁한 티셔츠와 고무줄바지, 운동화만 고집하는 딸. 누가 챙기지 않으면 세수도 안 하고 머리도 엉망인 채 교복만 입으면 모든 준비가 끝났다고 현관문을 나서는 아이. 주변 어른들에게 짧은 단발머리에 체육복 차림의 소녀로 기억되는 털털한 나의 큰딸.

한참 동물이나 공룡의 세계에 빠져있던 이삼 년 동안은 두 발로 제대로 걸어 다닌 기억이 별로 없다. 늘 어딘가에 올라가 있거나 매달려 있거나, 기어 다니거나, 그것도 아니면 공룡처럼 뛰어다니곤 했다.

옷이나 인형, 장난감 같은 물건에는 별로 관심도 욕심도 없는 아이지만, 무언가 일단 하기로 마음먹은 일은 중간에 흥미를 잃거나 해도 결코 그만두는 일 없이 끝까지 해내고 만다. 어른의 눈으로도 참 신기하고 대견한 아이가 바로 지원이다.

## 애교 많은 막내 공주 지우

유난히 많이 토했던 아기, 몸무게가 늘지 않아서 특별 관리 대상이었던 아기, 건강하게 자라주는 것만으로도 감사해야 한다는 것을 우리 부부에게 가르쳐 준 아이가 우리 둘째 딸 지우다. 지우는 작고 여린 몸으로 태어나 아기일 때는 늘 걱정스러웠다. 그러나 우리 부부의 염려와는 다르게 건강하게 자라 잘 웃고 애교 넘치는, 마냥 행복해 보이는 사랑스러운 아이다.

나나 지원이와는 달리 지우는 적극적으로 감정을 표현한다. 학교에서 집으로 돌아올 때면 "보고 싶었어, 엄마."라고 안기며 뽀뽀세례를 해주고, 아빠가 퇴근 후 현관문을 열고 들어오면 어느 틈엔가 달려가 아빠 목에 매달려 있다. 공주 드레스, 예쁜 왕관, 반짝이는 구두를 좋아하는 지우는 지원이와는 달리 책 읽는 것에는 그다지 관심이 없어 금방 싫증을 낸다. "엄마, 나 그 오빠 좋아. 그 오빠랑 결혼할래. 엄마 화장대랑 거기 있는 것 다 나 주고 가." 당당하게 요구하는 깜찍한 둘째 딸이다.

# 소중한 내 아이들에게 주고 싶은 선물

## 아이와 온전히 함께하는 시간

영국에 오기 직전까지 직장생활을 했던 나는 아이에게 늘 안쓰럽기도 하고 미안한 마음이 있었다. 그래서 영국행이 결정되고도 지원이랑 하루 종일 어떻게 재미있게 지낼까 하는 생각 말고는 특별히 준비한 것이 없다. 영국에 와서 지원이와 함께 많은 시간을 보내면서 자연스럽게 딸 아이에 대해 더 세세히 알게 되었다.

지원이는 보통의 여자아이들보다는 남자아이들이 갖고 있는 성향을 많이 갖고 있다. 해마다 바뀌는 선생님들께도 자아가 강한 아이라는 이야기를 늘 듣는다. 또래 아이들보다는 어른들과 이야기 하는 것을 좋아하는데 질문이 많은 지원이로서는 어른들과의 대화가 더 재미있을 것이다.

책 읽는 것을 좋아하지만 읽은 책에 대해 이야기를 늘어놓는다거나 자신의 감정과 느낌을 표현하는 경우는 많지 않다. 그저 그림을 그리거나 무언가를 만들거나 아니면 동물 흉내를 내는 등 몸으로 표현하며 노는 것을 즐긴다. 학교에서 가장 좋아하는 과목도 그리기와 만들기를 하는 DT시간이다. 사실 처음에는 어린 시절 나와는 완전히 다른 성격과 행동에 당황했던 순간도 많았다. 그러나 엄마로서 아이의 진정한 모습을 발견하고 알아가는 순간은 그 무엇과도 바꿀 수 없는 귀중한 시간이었다. 아무런 준비도, 정보도 없이 출발한 타국생활, 그러나 영국에서의 지난 생활을 돌아보면 가족이 함께했기에 즐겁고 또 감사한 나날이었다.

## 행복한 기억을 선물하고 싶다

우리 부부에게 아이들은 가장 소중한 보물이자 귀한 선물이다. 바람이 있다면 그 소중한 아이들이 살아가면서 무엇을 하든지 기쁜 마음으로 즐겁게 할 수 있었으면 하는 것이다. 심지어는 어려움이나 고통을 만나게 되더라도 말이다. 참고 극복해 나가는 과정 속에서 성장하고 있는 자신의 모습과 역경 뒤에 누릴 수 있는 결과를 그려보며 감사하는 마음으로 그 시간을 지낼 수 있기를 기대한다.

그러기 위해 아이들이 어린 시절을 떠올렸을 때 유익하고 재미있었던 시간으로 기억했으면 한다. 돌아보면 미소가 떠오르는 시간, 어려움을 만나도 희망을 줄 수 있는 힘이 되는 시간이었으면 좋겠다. 그래서 우리는 아이들이 좋아하고 즐거워하는 일들을 많이 하려고 한다. 우리 아이들은 수영장에서 노는 것을 정말 좋아하니까 수영장에도 자주 가고 온 가족이 함께 만두를 빚어 먹는 것도 좋아하니 좀 번거롭더라도 자주 그런 기회를 갖는다. 여름이 되면 시장이 아닌 근처 농장에 가서 아이들과 함께 과일, 딸기, 체리, 자두, 사과, 옥수수 같은 것을 직접 따며 구입하고, 주말이면 점심을 싸서 가까운 놀이터 근처로 피크닉을 떠나며, 긴 방학 때는 다른 나라로 여행을 간다.

이제 지원이가 우리의 울타리 안에서 떠날 때가 멀지 않았다. 벌써 10년이다. 지원이가 태어나고 자라온 지난 10년 동안 우린 실수가 참 많았다. 이제는 어느 정도 의사표현을 하니까 안심이라며 18개월 된 지원이를 어린이집 종일반에 맡기고 회사에 다녔던 시절, 밀린 집안일과 육아, 그리고 유학준비를 한다고 주말마저도 얼굴 보기 힘들었던 남편, 그 모두를 혼자 감당할 수 없었던 직장인, 엄마, 그리고 아내라는 이름의 나. 솔직히 하루하루 버텨왔다고 표현하는 것이 적절할 것이다.

내가 경험한 영국은 어린아이들이 늘 최우선으로 배려 받는 사회다. 또래에 비해 왜소했던 지우를 놀이터에 데리고 나가면 다른 아기 엄마들이 덩치가 조금 더 큰 −

아마도 실제 나이는 지우보다 더 어릴 것 같았지만 - 자기 아이에게 "너보다 어린 아기니까 네가 양보하고 조심하렴." 하며 신신당부하는 말을 자주 듣는 이곳에 살다 보니 그 무엇보다 먼저 챙기고 배려해야 했던 어린 지원이의 입장보다는 어른들의 입장과 상황을 우선시했음을 깨닫게 되었다.

예쁘고 모범적인 여자아이가 되어주길 포기하고 아들처럼 생각하고 자유롭게 해주기로 결심하기까지 싸우기도 많이 했다. 앞으로 10년 후면 지원이는 부모라는 울타리를 떠나서 독립해야 한다. 이제 남은 10년, 필요할 때 언제나 달려와 주었던 엄마로 지원이의 기억 속에 남을 수 있을까? 이 시간, 우리 가족은 지원이에게 어떤 모습으로 기억될까?

## 돈으로는 살 수 없는 선물

오래 전 지원이가 장난감이 많은 친구 집에 다녀와서 불쑥 물었다.

"엄마, 왜 그 친구는 아무것도 하지 않아도 갖고 싶은 것을 다 가질 수 있는데 나는 뭐 하나 얻으려면 힘들게 뭘 해야 돼?"

"네가 뭘 힘들게 하는데?"

"나는 레고 하나 사려면 생일이나 크리스마스 때까지 기다려야 되고, 다른 애들은 일주일에 얼마씩 공짜로 용돈 받고 모아서 사고 싶은 것 산다는데, 나는 피아노나 바이올린 책 한 권 끝나야 겨우 용돈 받잖아."

"엄마도 지금 네게 들어가는 레슨비를 줄이면 그 친구처럼 갖고 싶은 장난감 모두 사 줄 수 있어. 그렇지만 엄마는 네가 돈으로는 살 수 없는 선물들을 주고 싶거든. 사실 장난감은 조금 지나면 싫증나기도 하고, 갖고 싶은 것은 어른이 되어서 네가 번 돈으로도 얼마든지 살 수 있잖아. 너는 뭐가 더 낫다고 생각하니?"

"장난감보다는 지금 배우고 있는 것들을 계속 배우는 게 더 좋겠어."

지금 하고 있는 수영이나 악기들 외에도 태권도, 펜싱, 미술 등 배우고 싶은 것이 많은 지원이. 예상했던 대답이다.

건강을 위해 꾸준히 할 수 있는 운동과 음악을 즐길 수 있고 연주할 수 있는 능력 등 짧은 시간 동안 얻을 수 없는 것들, 돈으로는 살 수 없는 것을 내 아이들에게 선물로 주고 싶다. 세월이 흘러도, 어느 곳에 가더라도 늘 가져갈 수 있는, 닳아 없어지거나 잃어버릴 수 없는 것들을 말이다.

우리 부부 역시 부모님께 물질적인 유산을 많이 받지는 못했다. 그러나 어떤 어려움 가운데에서도 가정을 지키고 자녀들을 위해서 기꺼이 자신의 많은 것을 희생하셨던 부모님의 사랑과 인내, 책임감, 신앙은 우리가 물려받은 소중한 유산이다. 따지고 보면 우리에게 정말 소중한 것, 추구해야 하는 것은 대부분 눈에 보이지 않는 것들이다. 행복, 사랑, 관계, 인격, 인내, 성실, 능력 등.

눈에 보이지 않는 것들의 가치를 아이들이 정말 이해하고 있는 것일까 궁금해 하던 때, 지원이가 쓴 도리와 로리 이야기는 지원이의 생각을 재미있게 엿볼 수 있는 기회가 되었다.

# 영국 초등학교의 Homework Sheet

* 지원이가 다니는 초등학교인 클리브스 스쿨Cleves School은 학교 홈페이지를 통해 아이들이 숙제를 확인하거나, 일부 숙제를 제출하도록 한다. 작문 숙제를 위한 단어도 홈페이지에 매주 업데이트 되었다. 지원이가 동화를 썼던 2010년 가을부터 2011년 여름까지의 4학년 작문 숙제용 Homework Sheet 중 이 책에 실린 지원이의 동화가 작성된 주의 내용을 참고용으로 수록한다. 단, 홈페이지에서 미처 다운 받아두지 못하거나 보관하지 못한 경우도 있어 누락된 것이 있음을 미리 알려둔다.

* Homework Sheet와 지원이의 동화를 함께 볼 수 있도록 동화에 맞춰 번호를 매겨두고 시트 번호 옆에 해당 동화의 번호와 수록 페이지를 표시하였다. 작문 숙제에 지원이가 사용한 단어는 앞의 영어 동화에 밑줄을 그어 표시해두었다.

* 영국 학교에서는 학생의 수준에 따라 그룹을 나누고 그룹별 수준에 맞춰 수업을 진행한다. 작문 역시 학기 초 어휘테스트를 기준으로 세 그룹으로 학생들을 나누고, 그룹에 따라 제시하는 단어의 수가 다르다. 참고로 지원이는 가장 높은 단계인 Group3의 단어들로 작문 숙제를 했다.

## 학습자료에 등장하는 과학용어

— 다음 중 가장 낯선 단어 다섯 개를 골라 문장을 만들어 알림장 공책에 써오세요.

필요하다면 사전에서 단어들을 찾아보시기 바랍니다.

| Group 1 | Group 2 | Group 3 |
|---|---|---|
| materials | materials | materials |
| soft | soft | soft |
| hard | hard | hard |
| light | light | light |
| strong | strong | strong |
| heavy | heavy | heavy |
| smooth | smooth | smooth |
| bendy | bendy | bendy |
| rigid | rigid | rigid |
| shiny | shiny | shiny |
| | squashy | squashy |
| | opaque | opaque |
| | transparent | transparent |
| | stretchy | stretchy |
| | brittle | brittle |
| | | waterproof |
| | | pliable |
| | | flexible |
| | | absorbent |
| | | strength |

## 동음이의어

— 동음이의어는 발음은 같지만 뜻과 철자는 다른 단어입니다.

— 철자를 연습하기 위해 자신 없는 단어의 뜻을 확인하고 문장으로 만들어 보시기

바랍니다.

| Group 1 | Group 2 | Group 3 |
|---------|---------|---------|
| too | too | too |
| two | two | two |
| hear | hear | hear |
| here | here | here |
| there | there | there |
| their | their | their |
| where | where | where |
| steel | steel | steel |
| would | would | would |
| know | know | know |
| | weather | weather |
| | weight | weight |
| | write | write |
| | right | right |
| | whole | whole |
| | | threw |
| | | through |
| | | flour |
| | | rein |
| | | reign |

● **심화학습**

아래 수수께끼를 보고 각 질문에 알맞은 동음이의어 쌍을 찾아 보세요.

- 자물쇠를 열고, 항상 물가에 있는 것은 무엇일까요?

- 나무의 일종이며 바닷가에서 발견되기도 하는 것은 무엇일까요?

- 펜과 종이를 파는 가게이면서 움직이지 않는 것은 무엇일까요?

## 이중자음

— 이중자음에 대한 일반적인 법칙은 단어 중간에 있는 단모음 뒤에 오는 자음은 두 번 연속으로 등장하고(예: bitter), 장모음의 뒤에서는 자음이 한 번만 등장한다는 (예: biter) 것입니다.

— 하지만 hh나 jj, qq, vv, ww, xx같은 이중자음을 쓰는 단어는 없습니다.

| Group 1 | Group 2 | Group 3 |
|---|---|---|
| **funny** | **funny** | **funny** |
| **happy** | **happy** | **happy** |
| **floppy** | **floppy** | **floppy** |
| dinner | dinner | dinner |
| **follow** | **follow** | **follow** |
| **little** | **little** | **little** |
| **summer** | **summer** | **summer** |
| **letter** | **letter** | **letter** |
| **better** | **better** | **better** |
| comma | comma | comma |
| | **written** | **written** |
| | **suddenly** | **suddenly** |
| | **swallow** | **swallow** |
| | *woollen* | *woollen* |
| | **different** | **different** |
| | | **narrator** |
| | | shimmer |
| | | *accurate* |
| | | *succeed* |
| | | *recommend* |

● **학부모님께**

볼드체로 되어있는 단어들은 자주 쓰는 단어 리스트에서 뽑은 것들이고, 이탤릭체로 된 단어들은 틀리기 쉬운 단어들을 고른 것입니다.

## 동사어미 s, ed, ing

— 동사는 움직임을 나타내는 단어를 말합니다. 대부분의 동사들은 현재 일어나는 움직임인지, 과거에 일어난 움직임인지를 표시하기 위해서 간단하게 s, ed, ing 등을 붙입니다.

— 현재는 s나 때때로 ing를, 과거는 ed를 사용합니다.

— 만약 동사가 e로 끝나는 경우, ed나 ing를 붙이기 전에 그 e를 생략합니다.(예를 들어 like의 경우 liked, liking)

— 만약 단어가 치찰음(齒擦音)으로 끝나는 동사라면 s를 붙이기 전에 e를 더해서 발음하기에 쉽게 만들어줍니다.(예를 들어 wish의 경우 wishes)

| Group 1 | Group 2 | Group 3 |
|---|---|---|
| **likes** | **likes** | **likes** |
| **lived** | **lived** | **lived** |
| living | living | living |
| saves | saves | saves |
| played | played | played |
| **asked** | **asked** | **asked** |
| **wishes** | **wishes** | **wishes** |
| **shouted** | **shouted** | **shouted** |
| **coming** | **coming** | **coming** |
| hoped | hoped | hoped |
| | smashes | smashes |
| | argued | argued |
| | stumbling | stumbling |
| | explored | explored |
| | climbs | climbs |
| | | recycled |
| | | achieving |
| | | doubled |
| | | bouncing |
| | | described |

## 동사의 불규칙 과거형

— 과거에 일어난 움직임에 대해 이야기를 할 때는 동사에 ed를 붙이는 활용법은 이미 배워 사용할 수 있습니다. 그러나 아쉽게도 모든 동사가 이런 규칙을 따르는 것은 아니며, 불규칙동사가 존재합니다.(예를 들어 go의 과거형은 went, fly의 과거형은 flew)

— 아래 목록을 보면 동사의 과거형 옆에 그 동사의 현재형이 괄호 안에 들어 있습니다. 두 가지 모두 알아두는 것이 좋지만, 시험에는 오른쪽에 있는 형태가 나오니 익혀두세요.

| Group 1 | | Group 2 | | Group 3 | |
|---|---|---|---|---|---|
| (are) | were | (are) | were | (are) | were |
| (go) | went | (go) | went | (go) | went |
| (come) | came | (come) | came | (come) | came |
| (make) | made | (make) | made | (make) | made |
| (begin) | began | (begin) | began | (begin) | began |
| (find) | found | (find) | found | (find) | found |
| (eat) | ate | (eat) | ate | (eat) | ate |
| (see) | saw | (see) | saw | (see) | saw |
| (feel) | felt | (feel) | felt | (feel) | felt |
| (can) | could | (can) | could | (can) | could |
| | | (know) | knew | (know) | knew |
| | | (hear) | heard | (hear) | heard |
| | | (break) | broke | (break) | broke |
| | | (think) | thought | (think) | thought |
| | | (bring) | brought | (bring) | brought |
| | | | | (creep) | crept |
| | | | | (build) | built |
| | | | | (speak) | spoke |
| | | | | (catch) | caught |
| | | | | (teach) | taught |

● **심화학습**

이번 단어 목록에는 동음이의어가 여러 개 있습니다. 얼마나 많은 동음이의어가 있는지 찾아보고, 동음이의어 각 쌍의 철자와 의미를 적어보세요. 과거형의 어미가 –mt로 끝나는 단어를 찾아보세요.

## ly로 끝나는 단어들

— 이번 주에는 ly를 접미사로 가지고 있는 단어들을 알아보고 철자를 익힙니다. ly 라는 접미사가 단어에 붙으면 '~한 방식으로(in this manner)'라는 의미가 됩니다. 흔히 어떻게, 혹은 언제 그런 일이 일어나는지를 설명해줍니다.

— ly를 ley로 쓰지 않도록 조심하세요. 대부분의 경우 ly는 특별한 변화 없이 단어 뒤에 붙지만, 만약 단어가 y로 끝나는 경우라면 단어의 마지막 y를 i로 바꾼 뒤에 ly 를 붙입니다.

| Group 1 | Group 2 | Group 3 |
|---------|---------|---------|
| likely | likely | likely |
| lively | lively | lively |
| badly | badly | badly |
| kindly | kindly | kindly |
| greatly | greatly | greatly |
| coldly | coldly | coldly |
| timely | timely | timely |
| friendly | friendly | friendly |
| daily | daily | daily |
| happily | happily | happily |
|  | really | really |
|  | nightly | nightly |
|  | actually | actually |
|  | differently | differently |
|  | sleepily | sleepily |
|  |  | personally |
|  |  | properly |
|  |  | especially |
|  |  | eventually |
|  |  | mischievously |

● **심화학습**

읽고 있는 책에서 ly로 끝나는 어려운 단어들을 다섯 개 찾아 보세요. 그리고 나중에 문장을 쓸 때 사용할 수 있도록 그 단어들의 뜻과 철자를 익혀두기 바랍니다.

## 고대 그리스

| Group 1 | Group 2 | Group 3 |
|---|---|---|
| Athens | Athens | Athens |
| ancient | ancient | ancient |
| slave | slave | slave |
| vase | vase | vase |
| city | city | city |
| state | state | state |
| Sparta | Sparta | Sparta |
| mountains | mountains | mountains |
| assembly | assembly | assembly |
| democracy | democracy | democracy |
| | javelin | javelin |
| | Olympic | Olympic |
| | Zeus | Zeus |
| | Trojan | Trojan |
| | goddess | goddess |
| | | sacrifice |
| | | Odysseus |

● **심화학습**

용감하게 도전할 학생을 위한 추가 단어들!

archaeologist, Ariadne, Pythagoras

## 복수형

— 대부분의 명사는 끝에 s를 추가해서 복수형을 만듭니다.

— 명사 중에 '자음+y'로 끝나는 것들은 y를 i로 바꾼 후 es를 더해서 복수형을 만듭니다. 하지만 '모음+y'로 끝나는 명사들은 그냥 s만 추가해서 복수형을 만듭니다.

| Group 1 | Group 2 | Group 3 |
|---------|---------|---------|
| ways | ways | ways |
| boys | boys | boys |
| days | days | days |
| cries | cries | cries |
| babies | babies | babies |
| cities | cities | cities |
| worries | worries | worries |
| stories | stories | stories |
| parties | parties | parties |
| armies | armies | armies |
| | delays | delays |
| | displays | displays |
| | enemies | enemies |
| | countries | countries |
| | comedies | comedies |
| | | tragedies |
| | | fairies |
| | | storeys |
| | | secretaries |
| | | necessities |

● **심화학습**

이번에도 동음이의어들이 단어 중에 포함되어 있습니다. 전부 찾을 수 있나요?

## 단어 속에 자주 사용되는 글자열 – wa와 wo

— wa: 흔히 긴소리(장음)가 나고 단어의 마지막에 사용되는 경우는 없습니다.

— wo: 대부분 단어의 시작 부분에 사용되고, 끝에 사용되는 경우는 'two'밖에 없습니다

| Group 1 | Group 2 | Group 3 |
|---------|---------|---------|
| war | war | war |
| warning | warning | warning |
| watch | watch | watch |
| **water** | **water** | **water** |
| wander | wander | wander |
| woman | woman | woman |
| **would** | **would** | **would** |
| **work** | **work** | **work** |
| wound | wound | wound |
| world | world | world |
| | warrior | warrior |
| | swarm | swarm |
| | backwards | backwards |
| | swollen | swollen |
| | sword | sword |
| | | towards |
| | | dwarf |
| | | worthwhile |
| | | worried |
| | | swallow |

● **심화학습**

다음 단어들의 뜻을 찾아보세요.

warble, wallow, wattle, woeful, swaddle

## 자주 등장하는 문자열, ight

— 'ight'라는 소리로 끝나는 단어들은 대부분 철자로 ight를 사용하기 때문에 이 문자열을 알아두는 게 도움이 됩니다. 같은 소리가 나면서 철자가 ite로 끝나는 단어들은 별로 없습니다.(대표적인 예 white와 kite)

— eight로 끝나는 단어는 다섯 개밖에 없습니다.(eight와 weight, freight의 eight는 'ate'처럼 발음이 되지만, height는 'ight'의 발음을 갖고 있습니다.)

| Group 1 | Group 2 | Group 3 |
|---------|---------|---------|
| might | might | might |
| right | right | right |
| tight | tight | tight |
| fight | fight | fight |
| night | night | night |
| height | height | height |
| sight | sight | sight |
| light | light | light |
| weight | weight | weight |
| eight | eight | eight |
| | brightly | brightly |
| | slightly | slightly |
| | knight | knight |
| | delightful | delightful |
| | tonight | tonight |
| | | freight |
| | | straight |
| | | frighten |
| | | lightning |
| | | lightweight |

● **심화학습**

eight로 끝나는 마지막 다섯 번째 단어를 찾아 그 의미를 적어보세요. weight처럼 소리가 날까요, 아니면 height처럼 소리가 날까요?

## 동일한 글자들이 연달아 있어도 다르게 소리나는 단어

— -ear-라는 글자들이 포함된 단어들에서 -ear-는 반드시 ear처럼 발음되지 않고, 어떤 때는 air처럼 발음되기도 하고, 완전히 다른 발음이 나기도 합니다.

— -ough-라는 패턴을 가지고 있는 단어가 많지는 않아도 다양한 방법으로 발음이 됩니다.

| Group 1 | Group 2 | Group 3 |
|---|---|---|
| **bear** | **bear** | **bear** |
| wear | wear | wear |
| hear | hear | hear |
| dear | dear | dear |
| learn | learn | learn |
| tough | tough | tough |
| **through** | **through** | **through** |
| bought | bought | bought |
| **thought** | **thought** | **thought** |
| although | although | although |
| | early | early |
| | weary | weary |
| | enough | enough |
| | cough | cough |
| | trough | trough |
| | | dreary |
| | | hearth |
| | | earnest |
| | | bough |
| | | thoroughly |

● **심화학습**

단어들을 소리 나는 대로 그룹으로 묶어 보고, 각 단어 그룹에 최대한 많은 단어들을 추가해 보세요.

## ou, au 문자열이 들어간 단어

— ou 문자열은 'or'나 'ow', 'oo', 'ur' 소리를 낼 수 있습니다. 워낙 많은 단어에 등장하기 때문에, '보고, 손으로 가리고, 말해보고, 확인'하는 방법으로 공부하는 게 가장 좋습니다.

— 여기에 한두 가지의 예외가 있지만, au 문자열은 대부분의 경우 'or'로 발음이 됩니다.

| Group 1 | Group 2 | Group 3 |
|---------|---------|---------|
| about | about | about |
| yours | yours | yours |
| should | should | should |
| because | because | because |
| around | around | around |
| laughed | laughed | laughed |
| August | August | August |
| thousand | thousand | thousand |
| pouring | pouring | pouring |
| author | author | author |
| | haunted | haunted |
| | route | route |
| | journey | journey |
| | favourite | favourite |
| | autumn | autumn |
| | | southernmost |
| | | aura |
| | | haughty |
| | | traumatic |
| | | cautiously |

● 심화학습

au와 ou문자열이 들어간 어려운 단어들 뜻을 찾아 보고 철자를 정확히 쓸 수 있으면 보너스 점수.

audacious, audible, authentic, outmanoeuvre, outrageous

## 생략된 글자를 표시하는 아포스트로피(')

— 아포스트로피는 일부 글자를 생략하여 단어를 짧게 축약하는 기능이 있습니다.

— 축약된 단어들은 대화체에서나 광고, 일기같이 편안하고 비공식적인 글에 주로 사용합니다.

— 아포스트로피는 생략된 글자가 원래 있던 자리에 들어간다는 것을 기억하세요.

| Group 1 | | Group 2 | | Group 3 | |
|---|---|---|---|---|---|
| do n**o**t | don't | do n**o**t | don't | do n**o**t | don't |
| I **a**m | I'm | I **a**m | I'm | I **a**m | I'm |
| had n**o**t | hadn't | had n**o**t | hadn't | had n**o**t | hadn't |
| I **ha**d | I'd | I **ha**d | I'd | I **ha**d | I'd |
| can**no**t | can't | can**no**t | can't | can**no**t | can't |
| is n**o**t | isn't | is n**o**t | isn't | is n**o**t | isn't |
| I **ha**ve | I've | I **ha**ve | I've | I **ha**ve | I've |
| you **a**re | you're | you **a**re | you're | you **a**re | you're |
| they **a**re | they're | they **a**re | they're | they **a**re | they're |
| I wi**ll** | I'll | I wi**ll** | I'll | I wi**ll** | I'll |
| | | are n**o**t | aren't | are n**o**t | aren't |
| | | have n**o**t | haven't | have n**o**t | haven't |
| | | you wi**ll** | you'll | you wi**ll** | you'll |
| | | you **ha**ve | you've | you **ha**ve | you've |
| | | did n**o**t | didn't | did n**o**t | didn't |
| | | | | could n**o**t | couldn't |
| | | | | would not | wouldn't |
| | | | | does not | doesn't |
| | | | | should n**o**t | shouldn't |
| | | | | dare n**o**t | daren't |

● **학생들에게**

위에서 아포스트로피로 대체된 글자는 원형에 볼드체로 표시해 두었습니다. 아포스트로피가 사용된 단어들을 가지고 시험을 볼 예정입니다. 좀 더 도전해보고 싶다면, 알고 있는 단어들 중에서 아포스트로피로 생략된 글자들을 대신하는 단어들을 전부 한번 생각해보기 바랍니다.

## y로 끝나는 단어에 ly 와 ness, ment 붙이기

'자음+y'로 끝나는 형용사에 ly를 붙여서 부사형으로 만들 때나, ness 나 ment를 붙여서 명사형으로 만들 때는 그 형용사의 마지막 y가 i로 바뀝니다.

| Group 1 | Group 2 | Group 3 |
|---------|---------|---------|
| happy | happy | happy |
| happily | happily | happily |
| happiness | happiness | happiness |
| angry | angry | angry |
| angrily | angrily | angrily |
| ready | ready | ready |
| readily | readily | readily |
| readiness | readiness | readiness |
| lazy | lazy | lazy |
| laziness | laziness | laziness |
| | easy | easy |
| | easily | easily |
| | noisy | noisy |
| | noisily | noisily |
| | noisiness | noisiness |
| | | craziness |
| | | merrily |
| | | merriment |
| | | haughty |
| | | haughtily |

*영국 교육 현장의 모습을 생생하게 엿볼 수 있는 Homework Sheet는 영국 학교의 특성상 외부에 공개하지 않는 자료이나 클리브스 스쿨의 수 크로프트Sue Croft 교장 선생님과 사라 밀러Sarah Miller 선생님의 도움으로 특별히 책에 담을 수 있게 되었습니다. 두 분께 감사의 인사를 전합니다.

# 행복한 열 살, 지원이의 영어 동화

초판 1쇄 발행 2012년 7월 30일

**글 · 동화 번역** 배지원, 최명진
**그린이** 배지원
**번역 도움** 박상현
**고마운 분들** Amanda Thorogood, Sarah Miller, Sue Croft, 강용상, 김맹희, 김영미, 도경의, 최희진

**편집부** 정은영, 책임편집 장혜원, 전민진
**디자인** Studio Marzan 김성미
**마케팅** 이혜진, 천혜란

**종이** 이건종이
**출력** 좋은그림
**인쇄** 좋은그림플러스

**펴낸이** 정은영
**펴낸곳** 남해의봄날
경상남도 통영시 미수해안로 72번지 거북선빌딩 5층
전화 055-646-0512, 팩스 055-646-0513
이메일 books@namhaebomnal.com
페이스북 /namhaebomnal
트위터 @namhaebomnal

978-89-969222-0-9  03810
© 2012 남해의봄날 Printed in Korea